니시무라 가의

"여기서는 제3항 1번이네……
어어……。"

↰ 니시무라네 어머니
아들이 이렇게 남들을 잘 보살펴주게 된
이유를 잘 알 수 있는, 아코와는
다른 방향으로 커뮤니케이션 장애인 어머니.
어른인데도 대본도 만들고……
아니, 이거 괜찮은 건가……?

장비 : 전동 어설트 라이플

고쇼 인 쿄우/애플리코트

장비 : 전동 오토매틱 핸드건

사이토 유이/고양이 공주

장비 : 샷건

후타바 미캉/미캉

장비 : 대형 고무 나이프 & 권총

니시무라 미즈키/슈슈

Name Mikan	sex Female
Lv15 HP/1	Gun SG
Dmg/18 Rang/70 Rof/30	
Ammo/16 Relo/40	

Name Mizuki	sex Female
Lv17 HP/1	Gun HG
Dmg/13 Rang/50 Rof/45	
Ammo/20 Relo/48	

Name Yui	sex Female
Lv24 HP/1	Gun A-HG
Dmg/14 Rang/40 Rof/150	
Ammo/16 Relo/20	

Name Kyo	sex Female
Lv17 HP/1	Gun AR
Dmg/17 Rang/70 Rof/325	
Ammo/50 Relo/55	

아코 탐험대 시리즈
장비가 사라지는 수수께끼의 섬 오지에,
환상의 고대유적
이 실존했다!

온라인에서의 아코 ➡
외모 지상주의인
홀리 클레릭(우).
대장의 기합은 과연
보물에 닿을 것인가?!

온라인에서의
루시안
방어구 지상주의의
임페리얼 가드(♂).
※냄비뚜껑이
아닙니다.

Lv103	HP/17789	MP/633
Name	Rusian	
Job	Imperial Guard	
Sex	Male	
Atk/72+10 Mat/48+0		
Def/116+20 Mdf/75+0		

Lv101	HP/8419	MP/1857
Name	Ako	
Job	Holy Cleric	
Sex	Female?	
Atk/76+0 Mat/147+0		
Def/86+10 Mdf/125+0		

Lv99 HP/12112 MP/1578

Name	Sette
Job	Demon's Master
Sex	Female?

Atk/108+10 Mat/120+10
Def/66+10 Mdf/75+0

← 온라인에서의 세테
이제는 존재 의의가 이심스러운,
서머너가 아니게 된 서머너(♀).
무땅, 안 돼~! ><

온라인에서의
애플리코트
과금 지상주의도
여기서는 소용없는,
알몸 장비의
아크 메이지(♂).
↓

온라인에서의
슈바인
화력 지상주의인
드래곤 나이트(♂)도
여기서는 목제 검만이
버팀목입니다.
↰

Lv103 HP/6972 MP/3013

Name	Apricot
Job	Arch Mage
Sex	Male?

Atk/4+0 Mat/294+0
Def/55+10 Mdf/169+0

Lv102 HP/14332 MP/490

Name	Schwein
Job	Dragon Knight
Sex	Male?

Atk/148+10 Mat/10+0
Def/74+10 Mdf/38+0

CONTENTS

프롤로그

"『신부 크리』를 하자는 거네요!"

11

1장

"사각(死角)이요? 전부인데요."

21

2장

"이상적인 아코를 연기해봐라!"

109

3장

"리얼충, 폭발해랏~!"

145

4장

"집에 돌아갈 때까지가 서바이벌입니다."

225

에필로그

"응석을 받아주세요."

313

And you thought
there is Never
a girl online?

DESIGNED BY AFTERGLOW

오라인게임의 신부는 여자아이가 아닐라고 생각한 거야?

키네코 시바이 지음

Hisasi 일러스트

이경인 옮김

Lv. **14**

프롤로그

"『신부 크리』를 하자는 거네요!"

이상한 말 같지만, 『부모님 크리』라는 말 들어본 적 있어?

―없나? 하긴 온라인 게임보다는 생방송이나 보이스 채팅에서 주로 쓰는 말이니까.

부모님 크리라는 건 부모님 크리티컬의 약자로, 복도를 걷는 소리가 난다든가, 계단이 삐걱거리는 소리가 들린다든가, 『왠지 부모님이 다가오는 느낌이 나는 상태』를 의미해.

지금은 이름을 불린다든가 방에 들어온다든가, 진짜로 부모님이 와 버린 상태도 한꺼번에 부모님 크리라고 부르기도 하지.

그래도 뭐, 온라인 게임에서도 부모님 크리라는 말을 쓰는 타이밍이 있어.

◆카보땅 : 앗, 큰일 났다.

길드원 이외의 친구들과 사냥하던 도중, 한 명이 그렇게 말했다.

◆디 : 왜 그래?

◆카보땅 : 미안, 부모님 크리.

◆루시안 : 부모님인가~.

◆카보땅 : 잠깐 갔다 올게.

◆이가스 : 다녀오시죠.

이동하면서 적을 찾고 있었지만 일시 중단하고 그 자리에 멈춰서 카보땅이 돌아오길 기다렸지.

꽤 인기 사냥터라서 이동을 그만둬도 주변에서 적이 몰려오는지라 딱히 한가하지도 않았어.

그렇게 적들을 처리하면서 이야기를 나눴는데…….

◆디 : 부모님이 호출하다니, 왠지 좋네ㅋ

◆루시안 : 뭐가 좋은 건데ㅋ

◆디 : 지금이야 짜증나겠지만, 아저씨가 돼서 독립하게 되면 저런 것도 짜증났지만 좋았었지~ 라고 생각하게 된다고ㅋ

◆루시안 : 전(前) 니트인 디 선배가 말하니까 설득력이 장난 아니네.

◆디 : 그렇지?ㅋㅋㅋ

변함없이 이 사람 짜증나.

◆디 : 혼자 있으면 나를 부르는 사람이 없으니까ㅋ 혼잣말이 팍팍 늘어난다고.

◆이가스 : 그러네요. 저도 혼자 살 때는 중얼중얼거렸었죠.

◆루시안 : 음, 그런 건가~.

◆디 : 루시안 너도 혼자 살게 되면 알게 된다고ㅋ

◆루시안 : 혼자 산다, 라…….

뭐지? 그 말에 무척 위화감이 드는데…….

◆디 : 어라? 혹시 본가(本家)파야? 집을 나가는 게 싫은 파?

◆루시안 : 그렇지는 않아. 근데 과연 혼자서…… 살지…….

내가 혼자서 사는 모습을 전혀 상상할 수 없었어.

집을 나가는 것까지는 알겠어. 멀리 있는 대학에 진학해서 이사를 하는 건 있을 법하다고 생각하기도 하고.

단지 혼자 살기 시작하면, 이제 아코와 같이 살게 되는 상태밖에는 생각할 수 없어서…….

◆이가스 : 아, 미안해요. 나도 잠깐 부르네요.

◆루시안 : 부모님 크리 많네. 다녀오시죠.

◆디 : 크리티컬 난립이야.

◆이가스 : 바로 돌아올게요.

그렇게 또 한 사람 줄어들게 되고, 우리는 두 사람을 지키면서 돌아오길 기다리기로 했어.

◆디 : 루시안 넌 부모님과 함께 사는데도 부모님 크리는 그다지 없네.

◆루시안 : 우리 집은 부모님이 늦게 돌아오셔서.

저녁에 부모님 크리 같은 건 거의 없단 말이지.

◆디 : 안정감이 있는 탱커네ㅋ

◆루시안 : 그걸 기준으로 해서 믿는 것도 좀…….

응, 나한테 부모님 크리는 있을 수 없다.

그래, 부모님 크리는 말이지…….

"오~빠~! 지금 시간 있어?"

◆루시안 : ……앗!

◆디 : 왜 그래ㅋ

부모님 크리는 없어도, 여동생 크리는 있을 수 있다.

"왜~?"

"잊어버리고 안 사온 게 있는데, 잠깐 슈퍼에서 사다 줄래?"

"뭐가 없는데?"

"넘플라[#1]!"

"넘플라 왜?!"

애초에 넘플라가 뭔데?!

무슨 물체인데?!

"대체 뭐에 쓰는 건데?!"

"닭튀김!"

"닭튀김이라고 하니 어쩔 수 없네."

고기와 튀김에는 이길 수 없다. 남자 고등학생이라면 튀김에 약한 것도 어쩔 수 없지.

그런고로 미안, 디 씨.

◆루시안 : 미안하지만 잠깐 여동생 크리.

◆디 : 여동생?! 뭐야 그 승리자는?!

◆루시안 : 20분 정도 후에 돌아올게.

◆디 : 혼자서 20분은 무리잖아ㅋㅋㅋㅋ

◆루시안 : 디 씨라면 할 수 있어, 할 수 있어! 힘내라, 힘!

#1 넘플라 태국 조미료의 일종.

나는 디 씨에게 전부 떠넘기고 자전거에 올라탔어.

가장 가까운 슈퍼에는 넘플라가 없어서, 일부러 먼 슈퍼로 가서 가까스로 구입해서 돌아오니…….

◆카보땅 : 루시안, 여기 잠들다.

◆이가스 : 아까운 사람을 잃었네요.

◆디 : 편히 잠들어라.

◆루시안 : 왜 나만 죽어있는 거냐고!

나만 시체가 되어 뒹굴고 있었어.

◆아코 : 즉, 제가 나타나는 『신부 크리』를 하자는 거네요!

◆루시안 : 아니니까 그만둬 주시죠.

그런 크리티컬이 뜨지 않더라도 아코는 어디서든 나타나니까.

◆아코 : 그나저나 슈슈, 요즘 닭튀김에 몰두하고 있네요. 라이벌의 레벨이 올라가는 위기감이 느껴져요.

◆루시안 : 우리 여동생을 라이벌로 보는 건 그만둬 줄래?

말하고 싶은 건 왠지 모르게 알겠지만.

◆루시안 : 지금은 슈랑 마스터가 부모님 크리잖아.

◆아코 : 그렇죠.

그렇다. 왜 이런 이야기를 했냐면, 마침 두 사람이 부모님의 호출을 받아서 자리를 떠났기 때문이다.

나랑 아코는 맵 구석에서 두 사람을 기다리고 있는 중이었다.

◆루시안 : 아코네 어머니는 몇 시쯤 돌아오셔?

◆아코 : 늦어요~. 저녁밥을 다 먹은 후에도 오지 않을 때도 있고요.

◆루시안 : 평범하게 늦네.

◆아코 : 단, 아빠가 돌아오기 전까지는 반드시 돌아오겠다고 맹세했어요.

◆루시안 : 맹세했구나.

반드시 집을 지키기로 맹세한 아코랑 같은 타입이겠지.

뭐, 그건 넘어가고~.

◆루시안 : 그럼 밤에 말고는 이야기를 나눌 수 없으니까, 아줌마가 부를 때도 종종 있지 않아? 그런데 아코는 부모님 크리 같은 건 전혀 없었던 것 같아.

가족이 불러서 AFK 하는 경우는 다른 사람들도 꽤 있는데, 아코만큼은 전혀 없었다.

◆아코 : 그야 불러도 무시하니까요.

◆루시안 : 무시하는 거냐?!

무시하면 안 되잖아!

◆아코 : 루시안이 없는 타이밍이라면 대답하지만, 루시안이 있으면 무시해요.

◆루시안 : 내가 있어도 제대로 대답해!

그런 짓을 하고 있으니까, 내가 아코네 아버지에게 「언젠가 데려올 거라 생각했다」라는 말을 듣는 거야!

◆루시안 : 가족과는 사이좋게 지내라고…….

◆아코 : 가족…… 즉, 루시안의 부모님과 사이좋게 지내야겠네요.

◆루시안 : 우선 자기 가족하고 사이좋게 지내줘!

◆아코 : 우선은 인사부터!

◆루시안 : 안 해도 된다니까?!

상대방 부모님에게 인사라니, 고등학생이 보통 그런 일은 안 하거든?!

안 해…… 안, 하겠지? 하는 건가?

나도 교제 경험 같은 건 없으니까 모르겠다.

◆루시안 : 애초에 우리 부모님은 전철도 안 다니는 시간에 돌아오기도 하니까, 좀처럼 못 만난다고.

◆아코 : 그런 심야에 인사드리러 가면 비상식적인 신부라고 생각하실 것 같네요.

신부라는 말은 의도적으로 무시할 거야.

◆루시안 : 반대로 아침부터 우리 집에 마중을 나오면 인사 정도는 할 수 있을지도?

◆아코 : 아, 아침은 무리~ 라고 생각하는데요~ㅋ

◆루시안 : 좋아. 포기하도록.

◆아코 : 언젠가 뵙고 싶은데요~.

◆루시안 : 언젠가는, 말이지.

이때는, 꽤나 나중의 이야기라고, 그렇게 생각했다.

이러니저러니 해도 아코가 우리 부모님과 만날 일은 없을 거라 생각하고 있었다…….

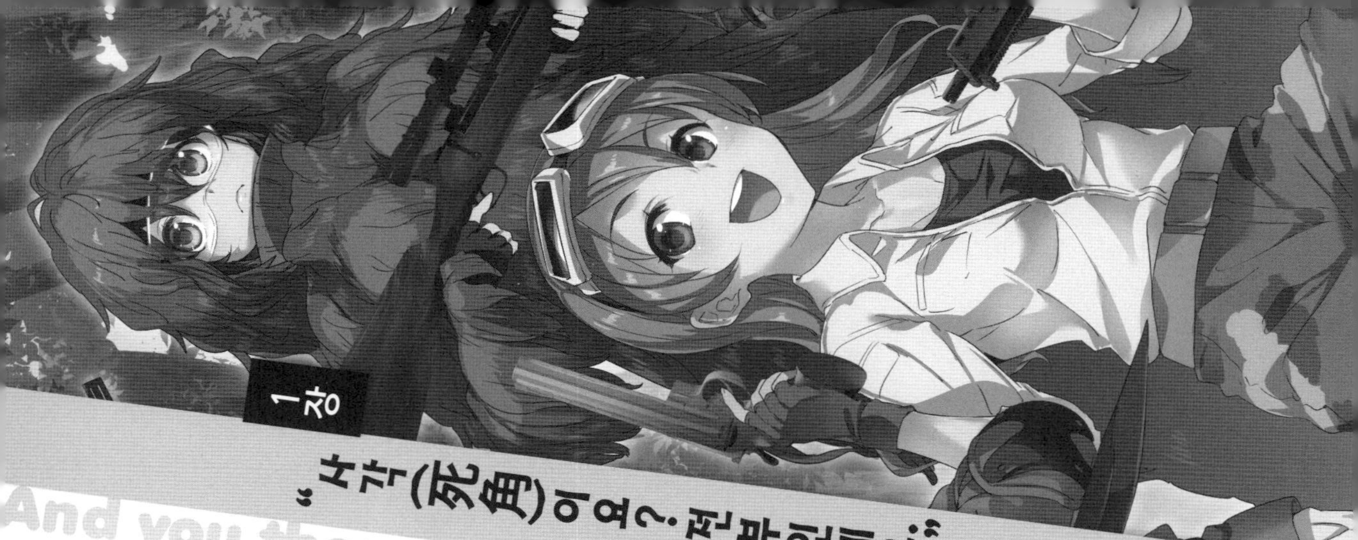

1장

“사각(死角)이요? 전부인데요.”

And you thought there is Never a girl online?

나무줄기를 빠져나오자, 그곳은 구름 위의 세계였다.

구름 위라고 가볍게 말하지만, 지면에서 15킬로미터 정도 위까지 올라가지 않으면 완벽하게 구름 위라는 느낌은 들지 않는다고 한다.

물론 인간은 그런 상공에서 살아갈 수 없고, 새도 날지 못한다.

그럴 텐데 말이지……

◆루시안 : 낚시꾼 귀환 중! 공격 준비!

나는 구름 위를 달리면서 커다란 새에게 쫓기고 있는 중이다.

꾸엑! 꾸엑! 하고 시끄럽게 울면서 뒤에서 팍팍 찌르고 있다.

에잇, 둔화 그만둬! 짜증나게!

발이 느려지는 효과가 있는 바람 스킬은 확실히 막고 싶지만…… 발톱 공격도 아파서 막고 싶고, 아아~ 정말 귀찮네.

여기는 세계수 던전 상층, 맵 이름은 버드 파라다이스. 통칭 버파라.

세계수 가지와 그곳에 있는 구름으로 구성된 새들만 있는 맵이다.

이동 속도가 빠른 적이 많아서 한꺼번에 사냥하기에는 난이도가 높다. 채팅을 칠 여유도 전혀 없건만……

　◆아코 : 저, 높은 곳은 거북한데요.

　◆슈바인 : 뭐냐, 아코. 고소공포증이냐?

　◆아코 : 높은 곳도 좁은 곳도 어두운 곳도 거북해요.

　◆세테 : 약점 많지 않아?!

　◆애플리코트 : 가장 거북한 건 사람이 많은 곳 아닐까.

　◆아코 : 아, 맞아요! 그게 가장 거북해요!

　◆세테 : 집 안이 특기 맵인 거네…….

　◆슈바인 : 세테는 거북한 곳이 없어 보이는데ㅋ

　◆세테 : 에이, 그렇지 않거든?

　◆아코 : 세테 씨는 무적이라는 느낌이니까요.

　◆애플리코트 : 그렇지는 않을 거다. 세테라 해도, 태우면 쓰러지겠지.

　◆아코 : 그렇군요. 세테 씨의 약점은 불인가요!

　◆슈바인 : 번개로도 죽을 것 같아ㅋ

　◆세테 : 불도 번개도 얼음도 물도 죽거든?!

　◆아코 : 세테 씨도 약점이 많네요~.

　◆세테 : 그 평가는 불합리하다고 생각해!

　에잇, 즐겁게 채팅이나 치기는! 태클을 걸고 싶은 부분이 다섯 번이나 있었는데 채팅을 칠 여유가 없다고!

　일단 거의 다 왔으니까 매크로로 채팅만 쳤다!

◆루시안 : 낚시꾼 귀환! 공격 개시!

◆애플리코트 : 좋아, 릴리스 스타 라이트닝!

마스터의 말과 동시에 하늘에서 번개가 쏟아졌다.

새카맣게 탄 새들이 꾸에엑 하고 낙하했다. 응, 이 위력은 확실히 부스터를 썼네. 나중에 추궁해주자.

하지만 그럼에도 몇 마리가 살아남아서 나를 덮쳤다.

◆슈바인 : 끈질기구만.

◆세테 : 무땅, 고!

검과 이빨이 나머지 새들을 가볍게 찢어발겼다. 이제 거의 다 쓸었나?

◆아코 : 힐~ 하이힐~ 힐~ 힐~ 하이힐~.

그리고 아코에게서 회복도 날아왔다.

◆루시안 : 미묘하게 안전을 의식한 콤보 힐 고맙다.

힐 하이힐 힐 하이힐로 이을 수 있는데 힐을 더 많이 넣는 게 아코다웠다.

이런 휴식 중의 회복은 하이힐 연타도 괜찮지만, 아무튼 콤보를 쌓아두자는 향상심이 좋다고 생각합니다.

◆루시안 : ······적을 끌고 오면서 생각한 건데.

◆아코 : 왜 그러시나요?

◆루시안 : 구름 위인데 캐릭터가 평범하게 살아있고, 새가 날아다니고, 구름보다 위쪽에서 번개가 떨어지다니, 물리적으로 완전 엉망진창이네.

◆슈바인 : 판타지에 뭔 소릴 하는 거야.

그야 그렇지만!

◆애플리코트 : 하하하하하! 나의 번개는 하늘에서 떨어지는 게 아니다. 별에서 내려오는 거다. 그렇기에 스타 라이트닝인 것이지!

◆세테 : 네네~.

◆애플리코트 : 거기서 흘려버리는 건 너무하지 않나?!

◆아코 : 구름 위를 걷고 있는 시점에서 이제 뭐든 가능하다고 생각해요.

지당한 말씀.

어떻게 올라타고 있는 건지 전혀 모르겠다.

◆세테 : 있지, 있지~ 지금 걸로 경험치 꽤 늘었어!

◆슈바인 : 무리해서 사냥하는 보람이 있구만.

◆루시안 : 안전지대에서 기다리지 않으면, 옆에서 몹이 튀어나와서 아코랑 세테 씨가 죽을 수도 있으니까.

꽤나 튼튼해진 지금의 나도 채팅을 치지 못할 정도로, 꽤 무리한 감이 있는 사냥이다.

그 목적은 물론―.

◆세테 : 정말로 이제 조금만 더 있으면 전직할 수 있을 것 같아!

전직을 목전에 둔 세테 씨의 레벨을 100으로 만들기 위해서다.

◆슈바인 : 전직하면 어쩔 건데? 스킬 트리는 세 개 정도 있잖아?

◆아코 : 무땅 강화로 가는 거 아닌가요?

◆세테 : 으음, 커지면 귀엽지 않으니까, 고민 중~.

◆애플리코트 : 그 스킬이 주력이다만.

◆세테 : 추가로 하나 더 소환할 수 있는 게 있어서, 그쪽도 갖고 싶거든.

세테 씨가 무땅의 머리를 쓰다듬으면서 말했다.

◆애플리코트 : 흠, 지금 있는 한 마리의 레벨을 올릴 필요는 있지만, 단순하게 따지면 공격력이 두 배인가.

◆루시안 : 공격력만이 아니라, 최종적으로는 모든 게 배 이상이 되잖아. 방패막이도, 수단도 두 개가 되는 건 크다고.

◆아코 : 그래도 많이 기른다고 다 친해질 거라 단정할 수 없잖아요.

◆슈바인 : 아니, 이건 게임이잖아.

세가와 모드가 나왔다. 무심코 본모습으로 태클을 걸었군. 하지만 세테 씨 쪽은 복잡한 표정으로 신음했다.

◆세테 : 으음~. 그래도 아코의 말도 이해는 돼. 두 마리는 힘들겠지~.

◆슈바인 : 집에서도 개는 한 마리니까.

◆아코 : 무땅, 손 내밀기 잘 하나요?

◆세테 : 성공률 85퍼센트 정도일까……?

◆아코 : 스킬 레벨 8 정도인가요?

◆루시안 : 조금만 더 있으면 습득하겠네.

◆슈바인 : 무슨 이야기야ㅋ

못 말리겠다는 듯이 어깨를 으쓱한 슈가 세테 씨에게 시선을 돌렸다.

◆슈바인 : 그래서, 경험치 얼마나 남았어?

◆세테 : 지금, 레벨 99에 91.5퍼센트! 앞으로 8.5퍼센트 남았어!

◆슈바인 : 좋아, 똑같은 걸 50번 더 하면 되네.

오십 번……. 그건 좀…… 도중에 내가 다섯 번은 죽을 것 같습니다만.

◆루시안 : 세테 씨의 전직, 나중으로 미뤄야겠네.

◆슈바인 : 오늘 중에 끝낼 수 있도록 하라고ㅋ

◆루시안 : 몇 시간 걸릴 줄 알기나 하냐?

◆아코 : 아침까지는 끝날 것 같은데요.

아니, 뭐, 이해는 된다. 전직 직전에서 계속 기다리는 건 딱 하니까, 다소 무리하더라도— 라는 건 나도 동감이지만…….

◆루시안 : 무리야. 내일은 졸리니까 쉴래~ 라는 말은 절대로 못 한다고.

◆세테 : 맞아. 졸린 표정을 짓는 것도 안 돼.

◆애플리코트 : 그렇지. 모두가 똑똑히 지켜봐 줬으면 좋겠다.

그렇게 말한 마스터에게 아코와 슈도 고개를 끄덕였다.

◆아코 : 그랬었죠.

◆슈바인 : 하긴, 그러네. 내일은 마스터의, 학생회장 마지막 날이니까.

††† ††† †††

"마스터, 수고했어~!"

"선배, 수고했어~."

"2년간 수고."

"수고하셨어요~!"

우리는 부실에 들어온 마스터를 박수로 맞이했다.

마스터는 조금 부끄러운 듯이 답했다.

"늦게까지 남아 주다니 미안하구나."

"딱히 상관없어. 온라인 게임하면서 기다리고 있었을 뿐이니까."

세가와가 시치미 떼는 표정으로 말했다.

오, 이쪽도 쑥스러워하네.

사실 로그인만 했지 아무것도 하지 않았다. 세가와가 마스터 돌아오는 걸 기다리자고 했으니까.

"……그런 것치고는, 예고하지 않고 들어온 나를 박수로 맞이해준 것 같다만."

아아, 역시 들켰어!

"아카네가 선배를 기다리자고 해서……, 그렇지~?"

"왜 말했어 왜 말했어 왜 말했어!"

"솔직하게 말하면 엄청 심심했어요."

"너도 말하지 말라고 했잖아."

학생회 선거가 끝나고 타카이시가 회장으로 정해졌다.

그럼 바로 이루어지는 게 학생회 임원의 임명식.

그건 반대로 말하면, 마스터의 학생회장 퇴임식이기도 하다.

그래서 우리는 「회장, 수고하셨습니다~」라고 말하기 위해 방과 후까지 마스터를 기다리고 있었던 것이다.

"그래서 쿄우 선배, 새로운 학생회는 어때?"

"타카이시 회장을 도와주면서 해나간다는 분위기가 정착되고 있더군. 분명 좋은 학생회가 될 거다."

"마스터가 회장일 때하고는 큰 차이네."

"나는 잠자코 따라오라고 말하는 인간이니까."

마스터가 씨익 하고 웃으며 가슴을 폈다.

단순한 커뮤니케이션 장애라는 느낌이 듭니다만.

"그리고 조금 신경이 쓰이던 건데, 새로운 학생회는 이 부를 없애 버리려 하지는 않겠지?"

"당연하지. 어째서 그럴 필요가 있는 거냐."

"뭐, 그렇겠지만."

꽤나 억지로 생긴 부라서 조금 불안했다.

부실은 남아도니 없애 버릴 필요는 없다고 생각하지만.

"이 부는 부활동비 같은 걸 전혀 안 쓰니까, 신경 쓸 이유는 없을 거야."

"그렇죠……."

"핫핫핫! 교사는 몰라도, 학생회에게 해는 없다는 뜻이다."

마스터는 나를 안심시키듯이 자신 있게 말했다.

"현재 현대통신전자 유희부는 정당한 문화부다. 폐부 같은 건 있을 수 없어."

"그럼 다행이고."

쓸데없는 걱정이었다.

그렇게 안심한 바로 그때—

"……혹시나—."

마스터가 미소를 지으며 입을 열었다.

왠지 마스터, 표정이 어둡지 않아?

"가령 교직원에게 그런 제안을 받는다 해도, 회장인 타카이시는 내 제자이고 루시안의 여동생과 절친하다 들었다. 적으로 돌아갈 일은 없을 거다."

그러더니 큭큭큭, 하고 웃었다.

"왠지 마스터가 사악한 소리를 했는데……."

"다들 그걸 의도해서 타카이시를 응원한 것 아니냐?"

"그런 이상한 생각은 안 했는데?!"

"그런가…… 나뿐이었나……."

유감스러운 표정 짓지 마!

"그보다 걔, 평범하게 노력했었잖아."

"음, 당선 후에도 노력하더군. 뒤에서 힘을 빌려주려고 한다."

"2년이나 해왔으니 내버려둘 수 없겠지."

"우리가 입학하고 나서 계속 해왔으니까~."

2년이나 해왔으니까 정말 수고가 많았다.

"아무것도 도와줄 수 없었지만, 큰일이었나 보네요."

"부장을 하면서 회장도 했었으니까~."

태연하게 하긴 했지만, 편하지는 않았겠지.

"하하하, 딱히 누가 하라고 한 것도 아니다. 내가 하겠다
고 결심한 일이고―."

왜 그러지? 마스터가 잠시 말을 멈췄다.

잠시 고민한 뒤―.

"그렇지도 않은, 가⋯⋯."

"그래?"

"알고 있으리라 생각하지만, 아버지가 우리 학교의 이사
중 한 분이니까."

이사도 그렇고, 이사장은 그 할아버지니까, 기억해 기억해.

"지극히 자연스럽게, 학생회에 들어가라는 말을 듣기는 했
었지. 너무나 당연해서 의식에서 빠져나가 있었군."

"흐응~."

"부모님 말씀을 듣고 학생회에 들어간 거야? 큰일이네~."

"회장이 되라는 말을 들은 건 아니다만, 기왕이면 부회장

보다 회장을 노리는 게 내 스타일이라 말이다."

"그야 그렇지."

마스터답다.

"그런 것까지 참견하는 건가~."

"쿄우 선배는 큰일이네."

아키야마가 동감 동감, 이라는 표정으로 말했다.

"……세테 씨는 그런 거 없나요?"

"없어없어."

아키야마는 태연하게 손을 내저었다.

그렇구나. 의외로 느슨한가 보다.

"나는 대학에 가고 싶으면 국공립이 좋으니까, 내신에서 힘내라는 말을 듣는 정도야."

"내신…… 듣고 싶지 않은 말이에요……."

"아코의 내신 같은 건 어차피 죽었으니까 신경 쓸 필요 없잖아."

"깔끔한 성적이지? 이거, 죽어있는 거야."

"깔끔하게 2 정도가 나란히 늘어서 있으니까."

"그만둬주세요오!"

오히려 네가 그 유감스러운 성적을 그만두라고!

"그럼 아코네 집은 어떤데?"

"학교 따위 그만두고 싶으면 그만둬, 라는 말을 들었어요."

가벼워! 진짜로 가벼워!

"루시안네 집은 어떤가요?"

"우리 집은 부모님 모두 평범하고, 아무 말도 안 들었는데."

일반 가정인 나는 제대로 공부해라, 정도밖에는 듣지 않으니까.

"……루시안의 부모님……."

"뭔가 꿍꿍이가 있는 표정 짓지 마."

"사악한 표정이네."

딱히 반응할 만한 단어가 아니잖아?!

"니시무라는 게임 너무 많이 한다고 혼날 것 같은데."

"그렇지는 않은데?"

"그런 적 없어? 나도 방에 너무 틀어박혀 있다는 말을 듣는데."

"으음, 애초에 방에서 뭘 하는지 이야기하질 않아서."

게임을 하고 있다는 건 물론 알고 있겠지만.

"니시무라는 부활동에 대해서나 게임에 대해서나, 그다지 이야기하지 않아?"

"전혀."

"에엑?!"

"그렇게 놀랄 일인가?"

설명할 일도 아니라고 생각하는데?

엄마는 게임을 전혀 하지 않는 사람이니까, 말해도 모르고.

아버지 쪽은 이제…… 2주 정도는 얼굴을 못 본 것 같은데…….

"그럼 저에 대해서는 어떤 식으로 전한 건가요?"

"말했을 리가 없잖아."

"그럴 수가, 너무해요!"

너무하다고 해도 말이지.

"아코의 존재를 대체 어떻게 설명해야 하는데?"

"확실히 아코는 설명하기 곤란하네."

"듣고 보니…… 어떻게 말해야 좋을까?"

그렇지? 곤란하지?

여자친구라고 말하면 아코가 아니라고 그럴 거고, 신부라고 말하는 건 더 아니고.

"그야 솔직히, 결혼했다고……."

이거 봐, 아코는 이렇게 말한다니까?

"그다지 부모님한테 걱정 끼치고 싶지 않다니까?"

"저의 존재는 걱정을 끼치는 사항인 건가요!"

아직 결혼할 수 없는 연령인 내가 벌써 결혼했다! 라는 말을 꺼냈다가는 걱정밖에 끼치지 않잖아!

"여자친구라는 걸로 괜찮다면 얼마든지 설명하겠지만."

"역시 한번 직접 만나 뵙고 진실을—."

"그만둬."

"뭐, 부부 이야기는 넘어가고."

부부가 아니라니까?!

뭐, 됐다. 그보다도 중요한 게 있으니까.

"아무튼 간에 이걸로 미련도 떨치게 된 셈이다."

마스터는 개운한 모습으로 말했다.

"그럼 마침내!"

"겨우 왔네."

"그래, 다들 오래 기다렸다."

몸을 홱 튼 마스터의 등 뒤에서 불꽃이 펑! 하고 올라간 기분이 들었다.

"제2회! 앨리 캣츠 결성 기념 오프 모임을 개최하자!"

"벌써 1년인가~."

"그렇네."

"나는 이번이 처음이야!"

"그러고 보니 아키야마는 첫 번째로 했을 때는 없었지."

"없었어!"

"저기저기."

아코가 저요저요, 하고 손을 들었다.

"최근에 길드를 다시 만들었으니까 아직 결성 몇 개월인 게……."

"에잇!"

"냐웃?!"

말해서는 안 되는 말을 한 아코에게 꾸욱 하고 손을 올렸다.

아코는 언제나 이러니까…… 오오, 부드럽네, 부드러워.

"적당히 분위기를 읽으라고."

"커뮤니티 결성 축하니까, 이름을 바꾸거나 그런 건 신경 쓰지 않아도 돼."

"눼~에."

질색하는 표정의 세가와와 곤란한 표정의 아키야마에게 아코가 흐물흐물 대답했다.

"그래서, 오프 모임은 뭘 할 건데?"

"우선 그 논의부터 하도록 하자. 몇 명이 가능한지도 미정이니."

"전에는 네 명뿐이었으니까."

"그러네요."

나와 아코, 세가와에 마스터, 이렇게 네 명뿐인 오프 모임이었다. 소규모 길드니까, 오프 모임도 소규모이긴 하지만.

"기본 멤버는 변하지 않았네."

"그래도 올해는 나나코하고……."

"선생님하고 미즈키, 미캉도 부르고 싶어."

미즈키와 후타바는 앨리 캣츠는 아니지만, 거의 비슷한 셈이니까 부르고 싶긴 하네.

"그럼 여덟 명인가…… 꽤 많은 인원이네."

"평소에도 자주 만나는 멤버네요."

"이래서는 오프 모임이 아니라 평범하게 놀러 가는 걸지도……."

"그럼 다른 사람도 부르겠나? 전원과 아는 사이인 한가해 보이는 플레이어…… 예를 들어 바츠한테라도 말을 걸어서……."

"그만둬 주세요."

"좀 봐주라."

"역시나."

즉답한 아코와 나를 보며 고개를 끄덕인 마스터가 모두를 돌아봤다.

"그럼 멤버는 평소대로 총원 여덟 명으로 예정하자."

"여동생네도 온다면, 그냥 만나서 차 마시고 끝내면 재미가 없겠네."

"오프 모임 같은 느낌을 내고 싶어."

"저번에는 그냥 식사 모임이었으니까."

"즐겁긴 했지만요."

정말로 재미있었지만, 지금 하면 쉬는 날에 그냥 밥 먹으러 가는 게 되어 버릴 것 같다.

"흠, 여덟 명이 모일 수 있는 공간이 있고, 흥겨운 이벤트가 가능하고, 게다가 오프 모임다운 게임을 할 수 있는 곳이라…… 난제로군……."

"무난하게 노래방이라든가?"

아키야마가 검지를 척 세우고 말했다.

"노래방이 무난한지 어떤지는 멤버에 따라 갈리잖아."

"보고 있기만 해도 된다면 가겠지만요."

"아코도 노~래~하~자~!"

"싫어요오오오오."

"우우, 그럼 단 걸 먹자! 간식을 마구 먹을 수 있는 가게가 이웃역 앞에—."

"나만 불참해도 돼?"

"니시무라도 가자!"

"디저트 가게를 여자 일곱 명하고 갈 수 있겠냐!"

무슨 고문이냐고!

"그럼 오프 모임답게, 그럴싸한 곳에 갈까? 오타쿠 같은 가게를 돈다든가."

"나는 패스."

"다들 너무 자기 멋대로야!"

노력하는 아키야마에게는 미안하지만, 무리인 건 무리야!

"이 멤버로 전원이 즐길 수 있는 곳이 있을까?"

"어쩔까……."

"검토가 필요하겠군. 하지만……."

그때 마침 부활동 종료를 울리는 종이 울렸다.

아쉽지만, 뜨거운 논의를 하기에는 시간이 너무 늦었던 것 같다.

"정해지지 않았네요."

"어떻게 할까……."

예산도 그다지 없고, 값싸고 여덟 명이 모일 수 있는 곳이라는 시점에서 후보가 적다.

게다가 흥겹게 게임 같은 게 가능하고 남들 눈이 없는 곳이라니…….

"저는 그냥 노래방이라도 괜찮긴 한데요."

"노래할 거야?"

"아뇨, 모두가 노래하는 걸 들을래요."

"그거, 너무 거북하잖아."

"저는 괜찮아요. 남들이 노래하는 걸 듣는 거, 좋아하는데요?"

"노래하지 않는 아코한테 돈을 내게 하는 우리가 힘들다고!"

본인이 신경 쓰지 않아도 주변이 신경 쓴다니까!

"그건 말이지, 혼자 레벨이 낮아서 파티에 들어가지 못하는 사람이, 경험치는 전혀 받지 못하는데 사냥에 따라가는 느낌이라고."

"너무 거북해요!"

"그렇지!"

그러니까 안 돼.

"오히려 디저트가 괜찮다고 생각하는데. 나는 대충 시간을 때우고 있을 테니까 모두 함께 먹고 오지 그래?"

"루시안이 없으면 의미가 없잖아요."

"내가 없다고 안 되는 건 아니잖아."

"루시안이 없으면 전원 여자라고요? 제가 대화에 따라갈 수 없게 돼버려요!"

"너의 위치는 대체 뭔데!"

너는 16년이나 여자를 해오고 있었잖아!

"그런 거 있잖아요. 폐인만 있는 파티에서 둘만 초보자였는데, 한 명이 파티를 빠져나가면 자기도 빠져나가야 한다는 느낌이 든다고요."

"그건 동의할 수 있지만, 아코 넌 초보자가 아냐!"

아코는 여자력 레벨 높으니까! 명백하게 초보자가 아니라고!

"그럼 오타쿠 굿즈 전문점이라든가, 무슨 애니 콜라보 카페라든가……."

"위치가 근처라면, 뭘 어떻게 해도 세가와가 안 가는 거 아냐?"

"그렇겠네요."

곤란하네, 곤란해.

뭐, 게임 속에서 하고 싶은 건 세테 씨의 렙업 정도니까, 천천히 생각하면 되나?

"저기, 루시안."

그때 아코가 걷는 속도를 조금 늦췄다.

"이제 곧 오프 모임 1주년이니까, 또 하나의 중요한 이벤트가 있다고 생각해요!"

기대감으로 가득한 눈동자.

하지만 그 안에 아주 약간의 불안감이 섞여 있는 듯한, 왠지 복잡한 표정이었다.

그런 표정 짓지 않아도 괜찮아. 알고 있다고.

"마스터의 학생회장 은퇴 모임도 해야지!"

"그게 아니에요!"

아코가 내 팔을 붕붕 흔들어서 아파아파아파!

"아뇨, 그것도 하고 싶긴 하지만! 저희한테는 좀 더 중요한 게 있다고요!"

"미안미안, 농담이야."

물론 기억하고 있다.

"이제 곧 결혼기념일이네."

"기억하고 있었잖아요!"

잊을 리가 있나.

하지만 그게, 이런 건 말이지.

"스스로 말하는 게 조금 쑥스럽잖아."

"말해주면 기쁜데요?"

"그럼 말해서 잘됐네, 젠장."

하지만 조금 마음에 걸리는 게 있다면……

"몇 번이나 결혼했으니까 이날로 하는 게 괜찮은지 미묘한 상황인데……"

"이것저것 있었으니까요."

계정 해킹을 당해서 캐릭터가 지워지기도 했으니까.

"그래도 이혼했다 재혼한 것도 아니니까, 아무튼 처음에 결혼한 날이 좋다고 생각해요."

"그럼 이제 얼마 안 남았네."

오프 모임을 갖기 조금 전에 결혼했으니까.

"1년이라…… 오프 모임이나 진급보다, 이쪽이 더 감회가 깊은 것 같아……."

"결혼식은 평생 한 번뿐인 이벤트니까요!"

그리고 현실에서는 한 번도 안 했어!

그렇지만 게임 속에서는 결혼했고, 기념일은 제대로 축하하고 싶긴 하지.

"아코는 서프라이즈 같은 걸 좋아하지 않으니까 그냥 묻겠는데, 결혼기념일에 뭐하고 싶어?"

"루시안이 기억해 줘서 이제 만족한 기분이 들어요."

"이상한 부분에서 욕구가 없네, 아코!"

기념일이니까 뭔가 졸라도 될 텐데.

너무 비싼 건 현실이든, 게임이든 사줄 수 없지만.

"그럼, 둘이서 숙박이라든가."

"극단에서 극단으로 가는 건 그만둬!"

밸런스가 나쁜 신부다.

"신혼여행도 아직이니까, 여행은 괜찮다고 생각하는데요."

"이번에 수학여행이 있으니까 그걸로 참아."

"즉, 수학여행에서, 루시안과 같은 이불을……!"

"진짜로 퇴학당할걸."

"그건 그러네요."

농담으로 넘어가고 싶어도 넘어갈 수 없는 일이 있습니다.

"그럼 결혼기념일에 뭘 할지는 검토해 보자."

"올해는 오프 모임 쪽을 먼저 하게 될 것 같으니까요."

"그쪽은 날짜가 정해지지 않았지만."

우리의 결혼기념일은 정해져 있지만, 오프 모임 날은 분위기로 정하니까 미리 하든, 나중에 하든 이상하지 않다.

"작년 오프 모임은 언제였더라……."

"7월 초순이었어요. 기말고사 전이었죠."

"아~, 그땐 벌써 하복이었지. 기억난다, 기억나."

마스터가 교복으로 왔으니까 기억에 있다.

"그 뒤에 아코가 기말고사에서 죽었던 것도 기억나."

"올해도 안정적으로 죽을 예정이에요."

"거기서 안정적으로 만들지 마. 살아가자, 살아가."

"시험이 너무 힘들어서 살아가는 게 괴로워요."

"살아가는 게 괴로운 데다 단위도 괴로우니까."

"정말 괴롭네요."

정말 괴롭지.

"단위라고 하니까, 우리 고등학교는 한 단위라도 낙제하면 유급하니까 낙제하지 말도록."

"불합리하네요오."

"3학년인데 한 과목만 2학년인 수업을 받을 수 있을 리가 없잖아."

"그럴 땐 몰래 실례해서……."

"눈에 띄거든? 몰래 들어갈 수 없거든?"

주목받는 게 싫은 주제에, 하급 학년에서 수업을 받을 수 있을 리가 없잖아.

"아, 아무튼 기말고사까지는 아직 시간이 있으니까요."

"지금부터 착실하게 공부할 테니 괜찮다는 거야?"

"공부하면 패배라고 생각하고 있어요."

"시험이 너무 위험한 경우에는 오프 모임도 결혼기념일도 중지야."

"중지 확정이잖아요! 싫어요~!"

지금 시점부터 위험한 거냐!

즐겁게 돌아오고 있었는데, 집에 도착할 무렵에는 왠지 지친 기분이 들었다.

아코, 기말고사 괜찮은 걸까……. 슬슬 내용도 어려워지고 있고, 나도 그렇게 자신 없으니까 공부해야겠다.

"하아…… 다녀왔습니다."

"어서 와~."

현관에서 말하자 거실에서 목소리가 날아왔다.

미즈키가 먼저 돌아온 모양이다.

아, 맞다. 오프 모임에 대해 전해둘까?

거실 문을 열자—.

"오빠, 어서 와~."

"어머. 어서 오렴."

"아, 다녀왔습니다. 미즈키, 잠깐 이번에 부활도오오오오오오웅?!"

뭔가 눈앞에서 소리가 들렸다. 눈앞 아래쪽에서!

시선을 내리자, 의아한 듯이 나를 올려다보고 있는 사람이 한 명 있었다.

"왜 그러니? 히데키."

"아, 아냐. 엄마도 있었네."

엄마였다.

깜짝 놀랐다. 집에 있을 거라고는 생각하지 못해서 솔직히 알아차리지 못했다.

"엄마가 있으면 안 되는 거야? 가끔은 빨리 돌아오는 날도 있답니다!"

엄마가 뺨을 부욱 부풀리며 말했다.

행동이 미즈키보다 어린 것 같으니까 그만둬 줄 수 없을까. 어머니의 위엄이라든가 그런 게 다 날아가 버리는데.

"전혀 안 되는 건 아니지만, 그저 시야에 들어오지 않아서."

"또 그런 소리를 하고!"

울컥울컥 화내고 계십니다.

"뒤늦게 온 반항기일까……."

"정말로 보이지 않았을 뿐이라고 생각하는데?"

미즈키도 쓴웃음을 지으며 말했다.

그랬다. 우리 엄마, 미즈키보다 훨씬 작으니까.

눈앞에 있으면 진짜로 시야에서 사라진다.

이런데도 매일 늦게까지 일하고 있으니까 정말로 감사할 뿐이다.

"아, 맞다. 히데키, 배가 고플 테니 저녁은 잠깐만 기다려 렴. 오늘은 엄마가 기합을 넣어서……."

"안 넣어도 돼!"

"안 넣어도 괜찮아!"

웬일로 빨리 돌아왔나 했더니, 위험한 게 나왔다!

"둘 다 왜 그러니? 엄마가 항상 너무 대충 만들고 있으니까, 가끔은 제대로 된 걸 만들어주려고 하는데."

"대충 만들어도 돼! 그게 맛있다고!"

"응응! 힘쓰지 않아도 돼! 뭣하면 우리가 만들 테니까! 그치? 오빠!"

"그럼, 미즈키!"

둘이서 필사적으로 스톱을 걸었다.

아니, 그게 말이지. 요리를 전혀 못 하는 엄마는 아니야.

미오 같은 시간 단축 조미료 같은 걸 써서 대충 만들면 평범하게 나온다고.

근데 가~끔 기합을 넣고 만들면 꽝이 나온다니까. 엄마는 노력하면 노력할수록 헛손질을 하는 타입이라서, 진심을 내면 낼수록 이상해진다고. 정말로.

"……둘 다 반항기?"

"아니아니, 지친 엄마한테 효도하고자 하는 마음으로 가득하다고."

"응응, 부활동에서 연습해서 만들고 싶은 요리도 엄청 많으니까."

"그러니? 언제나 너희 둘만 고생시키고 있는데, 아직 어리니까 무리하지 않아도 돼."

"아니, 정말 부탁이니까 엄마는 쉬고 있어."

"응응."

"……(뭔가 만들래? 무리라면 내가 할게)."

미즈키에게 시선으로 물어봤다.

"……(할 수 있어! 맡겨줘, 오빠)!"

그러자 그런 표정으로 끄덕였기에 맡기기로 했다.

……아코네랑 달리 번역 정밀도가 낮네.

"그, 그럼 오늘은 내가 만들게~."

"부탁한다."

"정말, 엄마가 활약할 기회였는데……."

엄마는 뾰로통하게 의자에 앉았다. 이야~ 다행이군, 다행이야.

기합이 들어갔을 때의 엄마는 식칼을 드는 것도 위험천만해서 무섭고, 일일이 세세하게 조사해가며 만드니까 엄청 시간이 걸리고, 만든 것들은 그냥 맛없고, 무엇보다 먹은 본인이 가장 침울해진다.

우리 엄마, 기본적으로 위태롭단 말이지.

청소를 하면 바로 물건을 뒤집어 버리고, 장을 보러 가면 사올 것을 잊어버리고, 청소를 하면 필요한 것들까지 같이 버린다.

이래서야 나나 미즈키가 똑 부러지게 자랄 수 밖에 없지.

17년이나 길러 줬는데 이런 말을 하기는 좀 그렇지만, 신부 스킬이나 어머니 스킬 같은 게 있다면 확실하게 아코가 더 높다.

그보다 어쩌면 내가 더 높을 정도다.

"맞다맞다, 히데키."

"으응?"

오프 모임 이야기는 나중으로 미루고, 차만 마시고 방으로 돌아가려던 내게 엄마가 말을 걸었다.

"골든 위크 때, 여자아이네 집에 묵었다고?"

"푸업! 콜록콜록!"

"오빠?!"

너무 동요해서 이상한 데 들어갔어!

엄마가 지금 뭐라고 했지?! 묵었다고!? 아코네 집에서 묵었던 게 들켰어?!

"갑자기 뭔 소리야! 어디서 들은 정보야?! 어디서 나온 정보인데!"

"그야 담임 선생님한테서 들었지. 부활동 합숙으로 동급생 여자아이네 집에서 묵었다며?"

고양이공주 씨 대체 뭐하는 거냐고오오오오오?!

"미즈키도 그랬고."

"윽?!"

부엌에 있는 미즈키에게 눈을 돌렸다.

"……"

그러자 미즈키가 슬쩍 시선을 돌렸다.

이 배신자 녀석!

"아니 그게, 그건 여러모로 사정이 있어서 말이죠!"

뭐, 뭐라 변명을 해야…….

나 말고도 남자가 있었다거나…… 아니, 거짓말은 상처가 더 깊어질 뿐이고…….

"확실히 묵기는 했지만, 그건 결코 이상한 게 아니라, 오히려 부탁을 받아서 묵었을 뿐이라서!"

아아, 정말. 뭐라 말해도 지옥으로밖에 이어지지 않아!

그렇게 생각했는데—

"응, 그건 타마키네 엄마한테서도 들었단다."

뭐……라고……?

"어, 아…… 타마키네 어머니하고도 이야기했어?"

"당연하잖니. 아들이 신세를 졌으니까, 제대로 연락을 해야지."

이런 말도 안 되는 일이!

도저히 믿기지 않아!

"엄마, 남의 집에 전화 같은 걸 할 수 있었어?!"

"당연히 하지. 실례네!"

엄마는 너무한다는 듯이 불만스럽게 말했다.

"세 시간이나 들여서 대본을 준비하고, 이틀간 이미지 트레이닝을 하고, 하루에 걸쳐서 암송할 수 있게 되어서, 어제 전화를 걸었거든!"

"시간을 너무 들였잖아, 엄마!"

"엄마치고는 빠른 편이야, 미즈키!"

"그렇긴 하지만!"

언제나 준비에 일주일 정도 걸리는 데다 막상 전화를 하면 수화기를 붙잡고 세 시간 정도는 굳어 있으니까!

"설마 그 커뮤니케이션 장애라는 지점을 넘어선 곳에 존재하는 엄마가, 사흘 만에 전화를 걸다니……."

"아들이 신세를 졌으니까 서둘러서 연락한 거야."

엄마니까, 라며 엄마가 가슴을 폈다.

아니, 사흘이나 걸렸잖아…….

그래도 아코네 어머니랑 이야기를 했다면…….

"그럼 대부분 사정은 들었어?"

"응. 사과하려고 건 전화였는데, 무리해서 묵게 했다며 오히려 사과를 받았지 뭐니. 말하기 어려웠겠지만, 그런 거라면 제대로 엄마한테 말해줬어야지."

"그렇다니까, 말하기 어려워서…… 미안미안."

아코네 어머니 나이스!

사실이긴 하지만, 먼저 지원을 해줘서 살았다.

이야~ 다행이군, 다행이야.

다시금 차를 마시기 위해 컵에 입을—.

"그래서 히데키, 그 타마키라는 아이랑 사귀고 있다며?"

"으걱푸헙흐객후엑꺼흑고케가킥!"

"오빠?! 사레 들렸을 때는 절대로 나오지 않는 소리가 나오고 있는데?!"

괘, 괜찮아, 괜찮아…….

죽을 만큼 놀랐을 뿐이니까. 순간 심장이 멎은 것 같은 기분이 들었을 뿐이라고.

"어, 어이하여 어머님이 그런 것을 알고 계시는지?"

"타마키네 엄마한테서 들었지. 여자친구가 있다는 이야기는 못 들어서, 엄마는 놀랐어."

"우와아아아아악!"

역시 나이스가 아니었어! 그 사람은 정말 언제나! 언제나!

"오빠…… 나무~."

"나무~ 좋아하시네!"

"놀라지 않는다는 건, 미즈키도 알고 있었니? 정말, 엄마만 따돌림?"

"앗!"

게다가 미즈키가 추가타를 넣어버렸고!

"그게, 딱히 일부러 말할 일은 아니잖아."

애초에 여자친구도 아니고.

"그래도 히데키는 그쪽 부모님하고 몇 번이나 만났잖니?"

"때때로, 정도?"

아코네 집에 갔을 때, 가끔 만나는 수준?

그쪽도 그쪽대로 집에 없으니까 그렇게 많은 빈도는 아닌데.

"그런데 엄마는 히데키의 여자친구 얼굴도 모르다니, 이상하잖아."

"그렇게 말해도…… 사진이라도 볼래?"

무난한 사진이 있었던가, 하고 휴대전화를 꺼냈다.

나랑 같이 찍은 것밖에 없네…… 아코 단독 사진이 전혀 없어…….

"아냐, 다음에 데려오렴."

"……으엑?"

지금, 뭐라고?

"왜 그러니? 이상한 소리를 내고."

"어, 아코…… 타마키와 만나고 싶다는 말씀?"

"오빠, 귀찮으니까 평범하게 이름을 부르자."

시끄럽습니다.

"아들이 무척 신세를 지고 있으니까, 엄마도 제대로 인사를 해야 하잖니?"

"하지만 그게……."

"괜찮아, 반대다~! 라는 말은 하지 않을 테니까."

"근데 말이죠……."

"데려오렴?"

"…………윽."

엄마는 진심이다. 이거 곤란한데…….

작고 위엄은 전혀 없지만, 이래 봬도 우리 집의 전권은 엄마가 쥐고 있다.

진심인 엄마한테 심하게 반대했다가는 인터넷 회선이 소멸하더라도 이상하지 않다.

"미즈키, 엄마를 막을 수 있을 것 같아?"

"이렇게 된 엄마, 막은 적 있어?"

"없어."

"그럼 무리야."

그렇다니까.

은근히 완고해서 그런지, 한번 말을 꺼내면 듣지를 않는다고.

"그럼 잠깐 기다려. 본인한테 확인해 볼 테니까."

"부탁해."

"그쪽에서 거절하면 포기해달라고."

거절해줘, 아코, 라고 기원하며 휴대전화를 꺼냈다.

【니시무라】긴급사태 발생, 긴급사태 발생.

【아코】이머전시인가요!

【니시무라】이머전시입니다.

【아코】왜 그러시나요? 반지 사이즈라면 7호인데요?

【니시무라】일단 기억해 두겠지만 그건 묻지 않았어.

뭐야, 갖고 싶어? 결혼기념일에 반지라니 미묘하게 잘못된 기분이 드니까 절대로 선물하지 않을 거거든?

【니시무라】그보다도 본론. 지금 우리 엄마랑 이야기를 하고 있었는데.

【아코】네.

【니시무라】아코와 만나고 싶으니까 한번 데려오라고 하셨어.

【아코】(°Д°)

아코가 지금 무슨 표정을 하고 있는지 무척 상상이 된다.

【니시무라】싫으면 그냥 거절해도 되는데, 만나고 싶다고 하니까 일단 확인을⋯⋯.

【아코】루시안의 어머니와⋯⋯ 인사⋯⋯.

【니시무라】정말 안 된다면 거절해도 된다고!

그보다 안 된다고 말해줘! 라는 나의 마음과는 정반대로―.

【아코】아뇨, 하겠어요! 하게 해주세요! 뵙고 싶어요!

【니시무라】그러냐.

그렇겠지. 아코는 이렇게 말하겠지.

어쩔 수 없지. 나도 포기하자.

"……확인했더니, 만나겠다고 말해버렸어."

"말해버렸다가 뭐니."

그야 말해버렸으니까.

"일단 미리 말해 두는데, 정말로 잠깐 얼굴 보는 정도거든? 이상한 이야기는 하지 말아줘."

"어라~? 히데키 쑥스러워하니? 쑥스러워? 쑥스러운 거야? 귀여워라~!"

"어린애냐!"

어머니잖아!

"그럼 다음에…… 다음에……."

엄마는 벽에 걸린 달력을 봤다.

"내일, 수요일……은 대본을 다 못 쓸 테니까…… 주말로 하는 것도 조금 호들갑스럽네…… 그럼 금요일 오후, 학교가 끝나고 나서 오는 건 어떨까?"

"알았어."

대본……, 쓰는 거냐.

【니시무라】금요일 저녁으로 정했어.

【아코】이제 별로 시간이 없잖아요!

【니시무라】아니, 은근 있다고 생각하는데?

오늘이 화요일이니까 이틀은 비었잖아.

【니시무라】그럼 아코, 그렇게 됐으니까.

【아코】네. 그렇게 됐으니까.

왠지 이걸로 대화가 끝이라는 흐름이 되었지만, 물론 아니다.

이후에 해야 할 일은 우리 모두 알고 있으니까.

【니시무라】내일은 부활동에서 긴급회의겠네.

【아코】네. 모두에게 연락하죠.

앨리 캣츠 회의 채팅에 이머전시가 흘렀다.

†††　†††　†††

다음날, 긴급소집에 따라 전원이 부실에 모였다.

평소에는 마스터나 선생님이 서는 화이트보드 앞에, 오늘은 내가 섰다.

"다들, 갑작스러운 소집에 모여 줘서 고마워."

"부활동이니까 어차피 모일 텐데."

"니시무라랑 아코, 오늘은 하루 종일 이상했어."

"뭔가 문제라도 있는 거냐. 우리가 할 수 있는 거라면 힘이 되어 주마."

"고마워. 정말로 긴급사태야."

과거를 통틀어도 최대급의 문제라고 생각한다.

나는 꿀꺽 침을 삼키고, 전원을 돌아보며 말했다.

"실은 엄마가, 아코를 소개해달라는 말을 꺼냈어."

"……그건, 어라~?"

"그런 제안이 있었던 건가……."

"호오……."

"맞아요."

아코가 떨리는 목소리로 말하자 전원의 시선이 그쪽으로 향했다.

"마침내 왔다는 느낌이네."

"추, 축하해, 아코. 남편의 친가에 인사를 가게 됐네."

"보통은 응원해줄 일이다만……."

세 사람은 복잡한 표정으로 말했다.

그렇겠지. 어쩌지, 라는 느낌이 든다니까!

"기쁘다면야 기쁘기는 한데요…… 우우……."

그리고 아코는 고개를 푹 숙였다.

그런 그녀를 보고 세가와가 고개를 살짝 갸웃했다.

"으응? 저기, 아코, 전부터 생각하던 건데……."

"네."

"아코는, 정말로 니시무라의 부모님과 만나고 싶어?"

"……네?"

움찔 떤 아코가 경련하는 미소로 대답했다.

"다, 당연하죠. 어째서 그런 말을……."

"그야 아코한테는 모르는 어른이잖아? 일부러 만나러 가서 인사라니, 가장 거북한 일 아니었어?"

듣고 보니 그러네.

"……."

시선을 돌리자, 아코는 땀을 줄줄 흘리며 시선을 돌렸다.

이건 진짜군.

"그건 나도 생각하던 건데."

아키야마는 방실방실 웃으면서 아코의 얼굴을 들여다봤다.

"정말로 꼭 만나고 싶었다면 방법은 있었으니까. 전화로 약속을 잡아도 되고, 아침부터 니시무라를 마중 나가면 자연스러운 느낌으로 만날 수 있을 거고. 근데 아코, 입으로는 만나고 싶다고 하면서 아무것도 안 했으니까."

"……그건, 저기……."

"저기?"

아코는 우물쭈물 말문을 흐린 뒤ー.

"……솔직히 말하면 만나고 싶지 않아요."

추욱 하는 효과음이 들릴 정도로 고개를 깊이 수그리며 말했다.

하긴 그렇지. 역시 만나고 싶지 않겠지.

"아뇨, 그게 아니거든요!"

아코는 홱 고개를 들고는 붕붕 손을 내저었다.

"인사를 해야겠다는 건 사실이고, 제대로 결혼 허락을 받고 싶다는 생각도 있어요! 단지 그, 앞으로 오래 알고 지내는 사이가 될 거라고 생각하니까, 첫인상이 너무 중요해서 공포심밖에 들지 않는다고요!"

"남자친구의 부모님과 만나는 건 평범하게 싫으니까."

"결혼 인사 같은 건 평범한 사람이라도 부담스러운 이벤트다. 압박감에 약한 아코 군이라면 더더욱 그렇겠지."

"나는 이제 아코네 부모님하고는 익숙한 사이인데."

"그쪽은 네가 굉장한 거야."

돌아올 때가 아닌데 돌아왔다는, 기습적인 상황에서 만나게 되었지만!

"그렇다면, 문제가 더 성가셔졌네."

"아코가 바라지 않는 대면이라~."

"귀찮은 일이 되어서 정말로 면목이 없네. 미안, 아코."

우리 엄마가 이상한 소리를 해버린 탓에…….

그렇게 사과했지만, 아코는 고개를 내저었다.

"사과할 필요는 없어요!"

"그래도 우리 집 사정이니까."

"그치만 루시안, 저희 엄마랑 만났을 때, 민폐였나요?"

"아니, 긴장은 했지만, 딱히 민폐라는 건……."

"그렇죠?"

아코는 확실히 미소를 지었다.

"그러니까 저도 민폐인 건 아니에요! 무척 긴장되고, 엄청 배가 아프지만요!"

"정말 미안."

역시 면목이 없다.

"그래서, 어쩌다 그렇게 됐는데?"

"골든 위크 때 아코네 집에서 묵었잖아? 그걸 선생님이 연락했던 모양이야. 아코네 엄마한테 감사 전화를 했대."

"아~, 그렇구나. 여동생도 왔었으니까."

"잘 생각해 보면 당연한 흐름이로군."

"우우, 루시안이 저희 집에 오는 건 항상 있던 일이라서 생각도 못 했어요."

나도 너무 일상적이라 의식도 하지 않았다.

그야 묵게 되면 부모님끼리 전화 정도는 하겠지. 이건 실수했다.

"오히려 지금까지 용케도 안 들켰네."

"어제도 말했지만, 집에서 아코 이야기는 안 했으니까."

"어제도 말했지만, 해주세요!"

뭘 말하라는 거야……. 신부가 생겼습니다~ 라고 말해도 미즈키가 이번 분기의 신부, 이번 분기의 신부 소리를 하며 끝내버릴 거라고.

"그럼, 들킨 건 어디까지? 신부라는 말을 하는 것까지 전부?"

"아니, 나랑 아코가 사귀고 있다는 이야기가 되었어."

"어째서 그런 오보가!"

"그걸 흘린 사람은 너네 어머니인데."

"어째서인가요! 엄마!"

"타당하잖아."

그러게.

"그리고 내가 아코네 가족과 자주 얼굴을 마주하고 있다는 것도 전했어. 그래서 거절할 수가 없더라고."

"이쪽만 소개하지 않을 수도 없을 테니까."

아키야마가 쓴웃음을 지으며 말했다.

그래서 우리 엄마만 안 만나도 된다는 말은 할 수 없었다니까.

"그래도 대단한 문제는 아니잖아? 그저 아코를 데려가기만 하면 될 뿐이니까."

뭐……라고……?

아코를 데려가기만 하면 된다……고……?

"정말? 정말 그뿐인 문제야? 아니, 나는 도저히 그렇게 생각하지 않는데!"

"그치만 결혼 인사라면 몰라도, 사귀고 있다는 것뿐이잖아. 아코는 머리 모양을 고치면 외모는 문제없으니까, 편하게 처음 뵙겠습니다~ 라고 인사하면 오케이라고."

그렇지? 라며 아코에게 묻자—.

"무무무, 물론이죠! 루시안의 어머니께 인사…… 인사…… 인사인사이이이이이사이이사사사사—."

"벌써 버그가 났어……."

"아코 스펙 낮네."

"예상 범주이기는 하다만."

"역시 이렇게 됐어!"

분명히 다운될 줄 알았다고!

엄마 앞에서 이사이사 소리를 했다가는 아마 엄마도 이사이사 소리를 하며 카오스가 벌어질 거라고!

"그러니까 모두의 힘으로 어떻게 좀 해볼까 싶어서."

"부탁드립니다~."

둘이서 고개를 숙였다.

모두는 으~음 하고 눈을 마주친 뒤—.

"보통은 너랑 아코 일에 참견하지는 않지만, 이건 우리도 어떻게 좀 해봐야겠네."

"음. 타인과의 사교라면 맡겨둬라."

"예의범절이라면 특기 분야야."

그렇게 받아들여 주었다.

역시 믿음직한 동료들!

"고마워! 고마워!"

"니시무라네 어머니를 만날 때까지 아코를 그럴싸하게 꾸미면 되잖아? 할 수 있어, 할 수 있어."

"아코 개조계획이군. 개조라면 내게 맡겨라."

"참고로 그건 언제?"

"모레, 금요일!"

"아, 무리."

"늦지 않을 수 있을까~."

"포기해야 하지 않을까……."

부탁이야 도와줘!

그런고로…….

"아코 내숭 작전을 시작하자. 난이도가 높은 작전이다. 제 군의 분투를 기대하마."

마스터의 말로 작전이 시작됐다.

다들 잘 부탁드립니다.

"그래서 너희들, 어떤 흐름으로 아코를 개조할 건데?"

"으음, 일단 시험해볼까?"

세가와가 그렇게 말하더니 일어나서 의자를 들었다.

"아코가 제일 긴장할 것 같은…… 그래, 나나코를 상대로 예행연습을 해봐."

"에, 에에엑!"

"우선은 현재 상황의 확인인가. 타당하군."

"해볼까~."

빈 공간에 의자를 두고 그곳에 아키야마를 앉힌 후, 그 반대편에 나와 아코가 앉았다.

왠지 면접 같네.

"자, 그럼."

어흠, 하고 헛기침을 한 아키야마가 어른스러운 미소를 지으며 침착한 말투로 말했다.

"처음 뵙겠습니다. 히데키의 어머니입니다. 네가 아코니?"

아아, 어머니라는 느낌이 드네. 분위기는 알겠어!

그래도 우리 집에는 그런 어머니가 없다고!

"푸흡―."

"웃는 건 심하지 않아?!"

"미안, 무심코. 왠지 위화감이 굉장해서!"

"거짓말?! 이상했어?!"

"세테는 꽤나 몸에 밴 연기였다고 생각한다만."

"그럴싸했어."

"아키야마가 이상했던 건 아니야."

우리 엄마가 이상한 거지.

이런 위엄이라든가, 수수께끼의 오라라든가, 그런 건 전혀 내지 않는 사람이니까.

"뭐, 예행연습이니까 대충 하면 돼. 자, 아코. 인사, 인사."

"네네네네네엣!"

아코는 내 팔에 달라붙어서 어중간하게 고개를 숙이며 말했다.

"처, 처처처처음 뵙겠습니다! 루루루루시안의 신부인 다마기 냐코입니닷! 히데키 씨와는 무척 좋은 결혼 생활을 보내고 되고 있고 합니다! 오래도록 잘 부탓두립니다!"

몸을 흔들흔들하며 말하고 있어서 내 몸도 그에 이끌려 획획 움직였다.

그런가. 아코를 데리고 가면 이런 인사를 하는 건가…….

"어때?"

"0점."

"실격."

"낙선."

"너무해요~!"

그야 그렇지.

언어로서 성립하지도 않았다고. 지금 인사.

"이건 확실하게 반대하겠네."

"아들이 위험한 아이를 데리고 왔다는 느낌이네."

"아무리 방임주의라 해도 말을 꺼내지 않을 수 없겠군."

"그 정도인가요?!"

그 정도라고 생각합니다.

"곤란해요! 루시안의 어머니하고는 앞으로 오래 알고 지내게 될 텐데!"

"그럼 조금은 꾸며보라고."

"열심히 노력할 생각인데요."

"전력이 그 모습인가……."

이거, 생각보다 더욱 위험한데…….

새파래진 내게 세가와가 도움의 손길을 내밀었다.

"하지만 뭐, 니시무라네 어머니가 아코네 어머니 같은 느낌이라면, 딱히 문제없잖아."

"지금 이게 문제없다니, 아코네 어머니는 어떤 사람인데?"

아코의 어머니입니다.

"슈바인의 말이 옳다."

마스터가 음 하고 끄덕이고는 화이트보드 앞으로 이동했다.

"타깃의 정보가 필요하겠군. 루시안, 네 어머님에 대해 상세히 가르쳐다오."

"맞아요, 그걸 듣고 싶어요!"

"우리 엄마라……."

어떻게 말해야 좋을까.

당연하지만 태어났을 때부터 함께 지내온 사람이니까, 그 사람이 우리 엄마라는 인식밖에 없어서 뭐라 설명하기 힘들다. 가족 이야기는 힘들구나.

"기본적으로는 상식 있는 사람이라고 생각하는데……."

"여자친구를 소개해달라고 할 정도니까~."

"그래도 니시무라가 말하는 상식 있는 사람이, 정말로 그런 사람일까?"

무례한 소리를 하네.

"하지만 평범하다고 물으면 조금 다를지도 몰라."

"어떤 점이 특징인 거냐?"

어어, 어디 보자.

"우선 엄청난 커뮤니케이션 장애."

"커뮤니케이션 장애……인가요."

"그리고, 무척 걱정이 많아."

"걱정이 많다, 라……."

"기합을 넣고 뭔가를 하면 대부분 실패해. 은근히 글러먹은 사람이야."

"덜렁이인 걸까?"

"뭐, 대충 그런 사람인데."

화이트보드에 적힌 『커뮤니케이션 장애』, 『걱정이 많음』, 『덜렁이』라는 세 단어를 보자 다들 후우, 하고 한숨을 내쉬었다.

"왠지 아코랑 마음이 맞을 것 같네."

"음, 의외로 편한 임무일 것 같구나."

"네. 어머니하고 잘 해나갈 수 있을 것 같아요."

그럼 좋겠지만.

"딱 하나 아코랑 맞물리지 않는 부분이 있어."

"뭐, 뭔가요?"

"우리 엄마, 아무리 서툰 일이라도 하겠다고 결심하면 무조건 해."

"하겠다고 결심하면 하는…… 건가요?"

"그래. 서툴든 싫어하든 어려워하든, 어떻게든 해내려고 노력하는 타입이거든."

그래서 아코를 소개하라는 말을 들었을 때, 나도 미즈키도 이건 막을 수 없겠다고 생각한 거다.

"듣고 보니, 커뮤니케이션 장애인데 아들의 여자친구와 만나려고 하다니 이상하긴 하네."

"아코는 본심으로는 싫어했으니까."

"엄마도 꽤 긴장한 것 같았어. 하지만 상식적으로 생각해서 안 하면 안 되겠다, 라고 생각하면 거북하더라도 어떻게든 하려는 사람이거든."

아코네 집에 전화한 것도 그냥 아버지한테 맡겨도 상관없었다. 하지만 자기가 해야겠다고 생각했으니까 대본을 만들어서 연습까지 한 거다.

잘 안 될지도 모른다고 생각하더라도, 가끔은 기합을 넣은 요리를 만들어줘야겠다며 노력하고, 매일 나른해 보이지만 제대로 일도 나간다. 이웃과의 관계도 죽을힘을 다해서 노력한다.

"해야 한다고 생각하면 도망치지 않는 그런 사람이야."

어때? 라고 모두를 바라봤다.

"커뮤니케이션 장애에 걱정이 많은 덜렁이지만, 그래도 할 때는 하는 사람, 인가요……."

"그건…… 성가시겠네……."

"무리한 일인 것과는 별개로 아무튼 도망치는 아코 군과는 최악의 상성일지도 모르겠군."

"그건 곤란하네."

"어쩌죠!"

어떻게든 노력해 주시죠.

아니 진짜로, 우리 부모님 탓에 미안하다.

"그럼 대책 말이다만."

마스터가 엄마의 정보 밑에 해결책, 이라고 적었다.

"어쩔까. 아코의 성격을 근본적으로 바꾸는 건 무리잖아."

"1년이 지났는데 무리였으니까, 그야 그렇지."

"일단 인사만 무난하게 넘기면 그것만으로도 충분해요!"

"목표가 낮네."

"그 이상 할 수 있을 것 같지는 않으니까요."

또 자신만만하게 자신감 없는 소리를…….

"확실히 아코가 이상적인 여자친구가 되리라 기대하는 편이 더 이상해."

"그렇죠."

"딱히 이상과 동떨어지지는 않았는데."

부분적으로 큰 문제를 안고 있긴 하지만.

"그렇다면 개선점은 적게, 핀포인트로 해야겠군."

"아코가 우리 엄마랑 만날 때, 가장 큰 문제는 뭘까?"

으음~, 이것저것 떠오르긴 하지만…….

"일단은, 언제나 니시무라랑 밀착해 있는 부분 아냐?"

세가와가 말했다.

"루시안, 이라는 캐릭터 네임으로 부르고 있는 부분 아닐까?"

"애초부터 신부라고 말하는 부분 아냐?"

마스터와 아키야마도 덧붙였다.

"그렇군. 모든 게 다 큰 문제야."

"무, 문제인 건가요?"

아코는 자각이 없다니까.

"그야 이게 전부 그대로라면, 나한테 딱 달라붙은 상태로, 루시안의 신부예요! 라고 하는 셈이잖아."

"아까 했던 것 그대로네."

아무리 그래도 곤란하다.

히데키의 여자친구, 조금 이상한 아이 아니니? 괜찮아? 라고 말할 거라고. 틀림없어.

아코는 조심조심, 움츠러들며 말했다.

"저는 어머님하고 이야기할 때, 루시안하고 떨어져서, 루시안이라 부르지 못하고, 신부라고도 말하면 안 되는 건가요?"

"그러네."

"즉, 죽으라고?!"

"그런 말은 안 했어, 안 했어, 안 했다고."

굳이 따지자면, 내가 죽고 싶지 않을 뿐이니까.

"그건 제게는 죽으라는 거나 다름없잖아요!"

너의 존재는 조금 더 크다고 생각하는데?!

"그런 건 싫어요!"

아코는 붕붕 고개를 내저었다.

그렇게 싫어?! 어느 것도 평범한 일인데?!

"친구로서 말하는데, 진심으로 그건 고치는 편이 좋아."

"앞으로 평생 이어질 관계라고 한다면, 더더욱 조심해야겠지."

"니시무라를 위해서 힘내는 것도 사랑이라고 생각하는데?"

"그것도 사랑…… 우우……."

모두가 그렇게 말하자 아코는 겨우 단념했는지 시무룩하게 고개를 숙였다.

"알았어요. 노력해 볼게요……."

"정말로 미안, 아코. 엄마 탓에 이렇게 돼서……."

"아뇨, 원인을 따지면 제가 잘못했으니까요."

"응, 그건 그러니까 아코에게도 책임은 있다고 생각해."

"우우우우!"

그럼 어떻게 아코를 개조할까.

"그럼 하나씩 해결하기로 할까."

"한꺼번에 가르쳐 줘도 기억 못할 테니까."

"무리에요!"

"그럼 처음에는 어쩔래?"

"그럼 우선, 내가 잠깐 할 말이 있어."

세가와는 그렇게 말하며 아코에게 척 삿대질을 했다.

"줄곧 생각했던 건데, 아코. 너, 니시무라랑 너무 거리가 가까워."

"네에?"

나랑 찰싹 달라붙어 있던 아코가 고개를 갸웃했다.

"지금 무슨 소리를 하는 건지 잘 모르겠는데요."

"그 말을 나한테 하니까 신기하네."

그렇겠지. 대부분 나한테 말하니까.

"그럼 확실히 가르쳐 줄 테니까 잘 들어."

"네."

세가와 선생님 앞에 아코와 둘이서 앉아 자세를 고쳤다.

화이트보드에 동그란 글자로 『올바른 남녀의 거리감』는 말이 적혔다.

"잘 들어, 아코. 네가 만나야 하는 사람은 니시무라네 어머니거든? 아무리 니시무라가 이런 녀석이라도, 어머니 쪽에서 보면 소중한 아들이야."

"이런 녀석이라 미안하네."

"루시안은 이런 녀석이 아니에요."

"잠자코 들어."

"죄송해요."

사과할 테니까 심각한 표정은 그만둬 주시죠. 진짜 무서우니까.

"소중한 아들이 모르는 여자랑 찰싹 달라붙어 있으면, 어머니도 불쾌한 기분이 들잖아? 그런 걸 생각해서, 적절한 거리감으로 대하는 걸 보여주지 않으면 안 되는 거야."

"그럼 슈—."

아코는 꿀꺽 침을 삼켰다.

"어머님 앞에서는, 루시안에게 안기는 건 절대로 안 되는 건가요?! 아주 잠깐이라도, 잠깐이라도 안 된다고요?!"

"안는 건 고사하고 건드리는 것도 안 돼."

"그런 건 무리에요~!"

"그럴 것 같더라."

세가와는 질색하며 이마를 짚었다.

"그러니까 처음에 말한 거야. 아무리 다른 걸 연습해도, 니시무라랑 떨어지려 하지 않으면 의미가 없다고."

"아우아우."

"나로서는 엄마 앞이 아니더라도 거리감을 생각해줬으면 하는데."

"진짜라니까. 일상에서도 도움이 되는 일이니까 기억해 두라고."

"부부가 떨어지는 건 슬픈 일이잖아요."

부부 아니거든.

그건 그렇고, 이건 중요하겠네. 엄마 앞에서 아코가 찰싹 달라붙어 있으면 거북하다는 수준의 레벨이 아니니까.

"어떻게든 고쳐야지."

"으으, 그래도 그건 간단하잖아요? 이렇게……."

아코는 의자를 덜컹 내게서 떨어뜨리고 다시 앉았다.

평소보다 거리가 조금 멀다. 체온도 느껴지지 않을 만큼 멀다.

오오, 왠지 신선한데?

"이 정도에 앉으면 괜찮은 거죠?"

"기본적으로는 그렇지만…… 그럼 시험해볼까?"

건방지게 웃은 세가와가 고개를 앞으로 내밀며 말했다.

"아코, 가령 니시무라네 어머니가 『학교 성적은 어머니?』라고 물어보면, 어쩔래?"

"엑?!"

아코의 몸이 굳어졌다.

저 한 마디로 그런 대미지를 받아?!

"그건, 저기, 성심성의껏 노력하고 있는데요……."

그렇게 말하는 손이 슬금슬금 내 쪽으로—.

"이거 봐."

"헉!"

손을 뻗어 내 팔을 잡으려던 아코가 홱 몸을 되돌렸다.

"무의식적인 거냐, 아코……."

"저도 놀랐어요."

"그러니까 말했잖아."

세가와 선생님이 호호호 하고 가슴을 폈다.

평소부터 이런 아코를 잘 보고 있던 거구나.

"그래도 어쩔 수 없잖아요! 그런 압박 면접 같은 말을 들으면 불안해진다고요."

"성적을 물어봤을 뿐인데 뭐가 압박인 거야……."

"면접 같긴 하지."

"그럼 아코 군, 가지고 있는 자격은?"

"사각(死角)#2이요? 전부인데요."

"아무것도 보지 못하고 있잖아……."

"글러먹었네."

"적어도 거리감은 어떻게 좀 해줘."

그런 연유로 세가와가 알려준 작전이— 이거다.

"자리 바꾸기 작전인가."

"맞아. 우선은 간단한 것부터 시작하자."

"우우, 루시안이 멀어요……."

매우 단순한, 아코의 자리를 다른 사람하고 바꾼다는 작전이다.

"아카네하고 아코의 자리가 바뀌었네."

"이러면 절대로 손이 닿지 않잖아?"

평소에 앉는 자리는 내 옆이 아코고, 아코 맞은편에 세가

#2 사각(死角) 자격(資格)과 사각(死角)은 일본어 발음이 같다.

와가 앉는다. 그리고 세가와 양옆에 마스터와 아키야마가 앉는 식이다.

세가와와 아코의 위치가 바뀌면, 아무리 해도 내게는 손이 닿지 않는다.

"이 상태에서 게임을 하면, 바로 니시무라가 없는 상태에 익숙해질 거야."

"시험해보도록 할까."

"온라인 게임을 하고 싶어졌으니까 딱 좋네요!"

"일단 말해두는데, 게임은 덤이거든?"

각자 컴퓨터를 기동해서 클라이언트를 켰다.

"잠깐 아코. 네 컴퓨터, 바탕화면에 아이콘이 너무 많잖아."

"슈도 뒤죽박죽이잖아요."

"둘 다 똑같아. 가끔은 정리하라고."

게임에 접속하자 루시안은 아직 버드 파라다이스에 있었다.

그랬다. 어젯밤에는 당황하다가 로그인하지 않았으니 위치도 그대로였다.

"어쩔래?"

"니시무라와 아코, 아직 버파라잖아? 그대로 사냥하자."

나는 딱히 변함이 없으니까 편하다.

모두 모이자, 적을 모아서 데려갔다.

"여기."

"받아라, 스타 라이트닝!"

"라이트니~잉."

"닌니~인."

"세테의 그건 닌자잖아."

"소인은 닌자가 아니옵니다만?"

"이 녀석 숨지를 않잖아."

"역시 닌자, 더럽네."

그렇게 대충 이야기를 나누며 사냥을 이어갔다.

뭐랄까, 아코가 멀리 있긴 하지만 그렇다고 해서 딱히 변화가 있는 것 같아 보이지는 않은데…….

"……음……, 후훗."

그때, 세가와가 갑자기 웃었다. 뭐야, 갑자기.

"잠깐 니시무라, 이거 봐봐."

소매가 획획 끌렸다.

뭐야 뭐야.

"뭔데?"

"이거 봐봐. 작년 제목대회 대상을 정한다는 글이야."

"남이 몹몰이를 하는 도중에 인터넷 보지 말라고!"

게다가 정리 사이트잖아!

"정말 재미있다니까, 봐봐."

"벌써 봤던 거고…… 그보다 작년의 제목대회는 흉작이니까 2, 3년 전 것을 보는 게 좋아."

"뭐야, 고참 같은 의견, 밥맛이야."

"속았다고 생각하고 보라고. 거기 옛날 링크 있잖아."

"뭐어? 옛날 글은 보나 마나 센스가 낡았을 거 아냐? 어차피 추억 보정으로…… 잠깐, 이거, 우훗훗, 푸흡—."

"거봐, 재미있잖아."

"이거 반칙…… 풉……."

그만둬, 팔 흔들지 마. 조작 미스할 것 같잖아!

그렇게 이야기하던 중—.

"뭘 그렇게 노닥거리는 건가요!"

아코가 화났다?!

"오오우."

"놀라게 하지 마. 누가 노닥거렸다는 거야."

"루시안하고 슈요!"

"어디가."

"그 소매는 뭔가요!"

"……앗!"

아코의 말에 세가와가 내 옷을 잡고 있던 손을 탁 놓았다. 엄청 자연스럽게 건드렸네.

"그게, 왠지 가까이 있으니까 무심코……."

"무심코가 아니에요! 적절한 거리감은 어디로 간 건가요!"

"평소에는 나나코가 옆에 있으니까 그걸로 익숙해서……."

세가와가 얼굴을 실룩거리며 얼버무렸다.

"루시안도 왜 피하지 않는 건가요!"

"그치만 친구한테 『너 만지지 좀 마라』라고 할 수는 없잖아."

"말할 수는 없지만요!"

"그렇잖아!"

나는 잘못 없어! 아니, 왠지 싹싹한 느낌의 세가와가 조금 기뻤으니까 무시하고 있던 것도 있지만, 그렇게 아코처럼 찰싹 붙어있는 것도 아니었고!

아니, 미안. 아코 앞이니까 그만뒀어야 했다. 조금 반성했다.

"어, 으으음."

세가와는 짝짝 손뼉을 쳤다.

"이, 이걸로 눈앞에서 건드리거나 하는 걸 보면 싫다는 건 알았지?"

"네, 실컷요!"

아코가 힘차게 끄덕였다.

"저도 루시안하고 이야기를 하고 싶어요! 위치를! 위치를 돌려주세요!"

"돌려놓으면 달라붙잖아."

"그걸 위해 돌려주세요!"

"안 고쳐졌어!"

이건 글러먹은 패턴이잖아!

"어쩔 수 없네. 자리는 돌려놓지만, 대신 강제 치료로 들어가자."

"어쩔 건데?"

"잠깐 기다려. 으음…… 아, 있다."

일어선 세가와는 한 선반에서 비닐 끈을 꺼내며 씨익 웃었다.

"슈는 귀축이에요! 초(超) 사디스트에요!"

"어디가."

"동급생을 묶다니!"

"남 듣기 안 좋은 소리 하지 마. 묶지는 않았어."

"확실히 묶지는 않았다만……."

세가와가 묶고 있던 머리 한쪽을 풀었고, 그 머리끈이 아코의 팔을 감고 있었다.

그리고 머리끈은 비닐 테이프로 책상 의자와 연결된 형태다.

뭐, 거의 묶여 있는 상태인 것 같기는 하다.

"어때? 아프지 않아? 마우스를 움직이는 데 문제는?"

"네, 괜찮아요. 마우스와 키보드는 쓸 수 있어요."

"니시무라에게 손은?"

아코가 내 쪽으로 손을 뻗자, 탁 소리를 내며 팔이 멈췄다.

"안 닿아요!"

"좋아, OK! 이 상태로 게임을 하자."

"이렇게 가르치는 거야……?"

아키야마가 실룩거리는 미소로 물었다.

"마치 동물의 조교 같은……."

"비슷한 셈이야."

"동물이 아니라고요오."

투덜투덜 중얼거린 아코의 한 손이 움직이자 책상이 덜컹 흔들렸다.

"하웃?! 깜짝 놀랐어요!"

그리고, 아코 본인이 놀랐다.

"그거 무의식이네. 아코."

"나도 그리 잘 알지 못했는데, 엄청난 빈도로 다가오네. 아코."

달라붙어 있는 게 일상이라서 전혀 깨닫지 못했다.

그냥 무슨 일만 있으면 내게 다가온다니까.

"너도 너무 익숙해진 거야."

"익숙해지긴 했지만, 이상한 건 확실하네."

"사이좋네~, 라고 생각했을 뿐이니까."

"어머님을 만날 때는 억제하지 않으면 안 되는 거네요⋯⋯."

둘만 있을 때는 얼마든지 안겨도 되니까, 중요한 때만큼 은 열심히 해주시죠.

"그럼 계속하자."

"경험치도 벌자~."

"오케이. 갔다 올게."

다시 게임 스타트.

섬의 무리를 모으기 위해 루시안을 움직인 그 순간―

"아, 루시아욱!"

책상이 덜컹 흔들리면서 아코가 놀란 목소리를 냈다.

시작 1초 만에 손을 뻗은 거냐?!

"괜찮아?"

"또 놀랐어요."

아픔은 없어 보이니까 괜찮지만.

"지금은 뭔가 손을 뻗을 필요가 있는 타이밍이었나?"

"버프를 다시 걸까 해서요."

"입으로 말하면 될 텐데."

"그래도 루시안이잖아요."

"그래도고 자시고!"

버프를 다시 걸고, 재이동 개시.

"아직 오후라 사람이 적어서 근처에 적이 엄청 많으니까
B2까지 이동해줘."

"알았다."

"조심해 주세요, 루시아욱!"

"아니, 진짜 빈도 이상하잖아."

내 이름이 루시아욱이 될 것 같다.

"좀처럼 익숙해지지 않네."

"으음…… 헉! 좋은 생각이 났어요!"

"호오, 어쩔 건데?"

"이렇게요!"

아코가 그렇게 말한 뒤—.

"루~시~아~안."

가가가가가각 하는 엄청난 소리가!

끈에 묶인 채로 억지로 내게 손을 뻗고 있는 거냐?!

"조~금~만~ 더~!"

잠깐, 책상이 드득거리고 있어! 조금 기울어지고 있다고!

"그만그만그만!"

"스톱!"

"모니터가 기울어지고 있어?!"

"우우우!"

"우우우가 아니다! 평소에는 그렇게 얌전하면서, 대체 어디서 그런 힘이 나오는 거냐!"

"이건 사랑이에요!"

"그 사랑을 참는 법을 배우라고!"

대략 한 시간 뒤.

옆 부실에서 클레임이 들어올 정도로 덜컹덜컹 책상을 흔든 결과는…….

"그럼 확인할게."

"네, 넷."

나와 나란히 앉은 아코 앞에서, 세가와가 말했다.

"으음, 아코. 학교는 어떠니? 친구는 많이 있니?"

"읔!"

아코가 다시 움찔 떨었다.

"친구는 그다지 많지 않지만, 루시안이 있어서……."

슬그머니 손이 내 쪽으로 움직이려다가 도중에 뭔가에 걸린 듯이 우뚝 멈췄다.

"매일 즐겁게 보내고 있어요. 네……."

"오오, 설마 하던 교정 완료!"

"저도 놀랐어요."

"꽤나 억지스럽네."

"인사 때만이라도 얼버무리면 되잖아. 어차피 평소에는 고치지 않으니까."

"루시안, 저는 해냈어요!"

"장하다, 아코!"

"그걸로 또 달라붙으면 의미가 없잖아."

아무튼 이걸로 제1단계 클리어!

엄마 타도에 한 발짝 접근했다.

"다음에는 어쩔 건데?"

"여기여기, 나!"

아키야마가 손을 들었다.

"세, 세테 씨인가요……."

"그거!"

조금 움츠러든 아코에게 척 검지를 세운 아키야마가 말했다.

"일단은 그 호칭, 어떻게든 하자!"

†††　†††　†††

호칭은 중요! 라고 쓴 화이트보드 앞에서 아키야마가 손가락을 휘두르며 말했다.

"호칭이라는 건, 무척 중요한 겁니다!"

보드 아래쪽에는 니시무라 히데키, 루시안, 서브 마스터, 부부장, 남편, 이라는 글자가 나란히 적혔다.

아키야마는 그 하나하나를 가리키며 말했다.

"성으로 부른다, 이름으로 부른다, 애칭으로 부른다, 직급으로 부른다. 이렇게 호칭이 달라지면 친근함도 다르게 보이잖아?"

"흠흠."

"가장 알기 쉬운 지표네."

"그래! 니시무라가 언제까지고 나를 이름으로 불러주지 않으니까! 벽을 느낀다고!"

"진짜 좀 봐주시죠."

농담이 아니라고요.

"어째서~!"

"그치만 내가 아키야마를 이름으로 부르게 되면, 반대로 나를 이름으로 부르게 되잖아?"

"물론!"

이 녀석, 핫핫핫 웃으며 고개를 끄덕이네.

"나보고 죽으라고?"

"아코 같은 소리를 했어?!"

그야 말하지!

"반에서 나랑 아키야마가, 나나코~ 히데키~ 라고 부르게 되면, 나는 확실하게 죽을걸? 반 전체한테 말이지."

"그럼 별명으로…… 히데 군, 이라든가……."

"엄마한테도 그렇게 불린 적이 없는데."

이름으로 불리거나, 오빠라고 불리는 것 둘 중 하나였다.

"근데, 어떻게 고칠 거야? 아코가 우리를 이름으로 부르는 거, 몇 번이고 시도해 봤지만 금방 돌아왔어."

"니시무라라고 불렀던 시기도 있었는데."

"일주일 정도로 끝났지……."

"루시안은 루시안이라고요오."

이 완고한 아코를 어쩌지…….

"훗훗훗, 좋은 작전이 있어~!"

아키야마의 지시로 전원이 평소 자리에 앉았다.

"일단 로그인했는데, 뭘 할 건데?"

"왠지 두근두근하네요."

"이런 국면에서 세테의 작전을 듣는 건 처음일지도 모르겠군."

확실히 아코 교정 작전에서 아키야마가 나서는 건 드물었으니까.

자, 어떻게 나올까 했는데…….

"준비가 됐으니까 간다~!"

아키야마는 한껏 기분이 고조된 상태로 주먹을 내질렀다.

"지금부터 시작합니다! 무조건 이름으로만 불러야 하는 게임! 이예~!"

"……"

"…………."

"……"

"……………."

"이예~!"

이 사람, 꺾이지 않았어! 얼마나 멘탈이 강한 거냐고!

"저기…… 무슨 게임인데?"

"지금 이 순간부터, 전원이 서로를 이름으로만 불러야 하는 게임!"

"호오, 재미있겠군."

마스터는 내키는 마음인가 보네. 이름으로 불리는 걸 좋아하는 건가?

근데 전원 참가?

"아코가 하는 건 이해하겠지만……."

"왜 우리까지 말려드는 건데……."

"그야 호칭은, 계속 듣고 있으면 영향을 받잖아?"

"영향…… 인가요?"

"응. 호칭은 옮지 않아? 내가 쿄우 선배를 마스터라고 부를 뻔하기도 하고, 히데키를 루시안이라고 부를 뻔하기도 하거든."

"그건 그럴지도."

조금 이해할 수 있다.

"아키야마가 줄곧 세가와를 이름으로 부르니까 가끔 반사적으로 부를 뻔하거나, 그런 건가?"

"맞아맞아!"

"그만해, 기분 나빠."

진지한 얼굴로 그런 말을 들었다.

맨얼굴로 싫다고 하면 평범하게 상처받는데…….

"왠지 벌써 마음이 꺾일 것 같아."

"안 돼! 이름으로만 불러야 하는 게임 중이니까!"

그러고 보니 아키야마, 아까 히데키라고 불렀지.

"진짜로 한다고?"

"물론!"

"근데 온라인 게임을 하면서 할 의미는……."

"게임에서 루시안, 루시안, 이렇게 부르니까, 평소에도 부르게 되잖아? 게임 중에 고쳐야지."

"그건 그, 럴까요……?"

아직 곤혹스러운 우리는 무시한 채―.

"자, 스타트!"

뿌뿌! 하는 수수께끼의 시작음이 아키야마의 휴대전화에서 울렸다.

진짜냐. 하는 거냐. 모두를 이름으로만 불러야 하는 거냐.

아, 아무튼 냉정하게……

"평범하게 게임을 하면 되는 거지? 어쩔 거야?"

"그대로 버파라에서 사냥을 하면 되지 않아?"

"경험치도 그렇지만, 저는 극락조의 날개도 갖고 싶어요."

"머리 장비에 쓰는 거였던가."

"네. 강화 소재인데, 영창속도가 올라가요."

"설마…… 실리 목적으로 장비를 고르고 있, 다고……?!"

"저도 가끔은 겉보기만이 아닌 장비를 찾거든요?!"

"참고로 겉보기는 어떤데?"

"무척 귀여워요."

"예상대로네……"

"뭐, 제대로 효과가 있다면 상관없지만. 그럼 몰아올까? 이동 사냥?"

"드문드문 중단할 것 같으니까, 조금 무리하게 되겠지만 전원 이동 사냥으로 하자."

"알았다. 긴급사태를 대비하여 항상 릴리스 준비를 해두마. 이동은 내 지시로 부탁한다."

"알았어. 그럼 스타트."

"오히려 스토~옵!"

뿌삐! 하고 뭔가 부정적인 소리가 났다.

"지금부터 가려고 하는데 뭐야?"

"그치만 다들, 일부러 이름을 부르지 않는 대화를 하고 있잖아?!"

움찔―.

드, 들켰어!

"그건 말이지……."

"아, 알겠어?"

"역시 쑥스러움이라는 게 있어서 말이다."

"그런 건 안 돼! 게임이 되질 않잖아!"

아키야마는 입술에 손끝을 대고 강하게 말했다.

"앞으로는 뭔가 말할 때마다, 반드시 누군가의 이름을 부를 것! 알았지, 아카네?!"

"알았어, 나나코."

"잘했어, 아카네!"

버거운 룰이 추가되었네.

어쩔 수 없지, 이럴 때는…….

"그럼 가볼까…… 어어, 아코."

"그래. 가자, 아코."

"제대로 따라와야 해, 아코."

"에에에에엑?!"

"아코만 부르지 마!"

그치만 처음부터 이름으로 부르고 있었는걸.

"특히 히데키! 이건 히데키를 위해 하고 있는 거니까, 그렇게 무시하지 마!"

"그렇게 말해도……."

지당하긴 하지만.

에잇, 이것도 아코를 멀쩡하게 만들기 위해, 그리고 무사히 엄마를 타도하기 위해서!

"알았어. 나나코."

"좋아, 히데키."

우왓, 부끄러워!

이름을 불린 아키야마는 엄청 좋아하고 있어서 또 쑥스럽고!

"잠깐 기다려 주세요!"

아코가 기다리라는 콜을 보냈다.

"지금 대화, 왠지 신부 소울이 절대로 용납해서는 안 된다고 소란을 부리고 있는데요!"

"어라어라? 아코. 루시안은 루시안이라며? 딱히 내가 히데키라고 불러도 괜찮지 않아?"

"그렇긴 하지만! 그렇긴 하지만요!"

아우아우 곤란해하는 아코에게 아키야마가 다정하게 웃으며 말했다.

"괜찮아. 지금은 게임 중이니까, 아코도 히데키를 이름으로 불러도 돼."

"게임 중…… 그러네요. 그런 게임이었어요!"

바로 납득했잖아!

"이 얼마나 교묘한 유도인가. 꽤 하는구나, 나나코."

"유도당한 아코가 너무 단순해서 그렇다고 생각하는데."

"아코를 위한 게임이고, 본인이 납득한 거면 괜찮지 않을까?"

이렇게 이름으로만 불러야 하는 게임이 시작됐다.

아코를 위해서, 나를 위해서이긴 하지만, 그래도 여자의 이름은 그다지 부르고 싶지 않다고 생각했었다.

생각했었다고. 정말로.

하지만 곤란하게도, 이 필드, 그다지 편하지 않단 말이지!

"큰일 났다! 많아 많아 많아! 나왔어 나왔어! 마스…… 쿄우 선배, 릴리스는?!"

"미안하지만 히데키, 이미 썼다. 영창 종료까지 버틸 수 있겠나?"

"쿄우는 대마법만 쏴! 한 마리씩 해치워도 줄지 않으니까!"

"모두가 나를 쿄우라고…… 이거 괜찮군. 이 감각…… 끓어올라, 끓어오르는구나!"

"쿵쿵하고 있을 때가 아니거든, 쿄우 선배?!"

"세테…… 나나코, 무땅이 죽을 것 같은데, 저기까지 힐이 닿지 않아요!"

"재소환할 여유는 없으니까 가능하면 치료해줬으면 좋겠는데! 히데키, 타깃 튀고 있어!"

"거기는 샤우트 범위 바깥이라고! 아카네!"

"그래그래, 사람 험하게 다룬다니까. 여기면 되지? 히데키."

세가와가 범위 바깥의 적을 넉백시켜서 내 근처까지 끌고 왔다.

이걸로 이제 샤우트로 전부 모을 수 있어!

"그렇다고 해서 전부 와버리면 위험한데?! 아코!"

"아아앗, 히데키 씨가 죽어버려요!"

"오래 기다렸구나. 영창 완료다! 멸망하거라!"

"아, 쿄우 선배! 이름 부르지 않았어! 감점!"

"헉! 기다려라, 지금 이건 전원을 향해 말한 거라서 말이다?!"

뭐야, 이거. 은근히 즐거운데?

"처음에는 어떨까 생각했지만 의외로 익숙해졌네, 아코."

"왠지 친해진 기분이 드네요. 아카네."

"내 쪽에서 보면 아코는 그다지 변함이 없는데 말야."

"나로서는 의외였지만, 나나코가 줄곧 아카네~ 라고 말하고 있었으니까, 내가 불러도 그다지 위화감이 없네."

"그보다 나, 히데키는 그냥 내추럴하게 부르고 있는데, 괜찮아?"

"아카네 네가 격식 차리는 것도 이상하잖아."

"그건 그러네."

"으음, 저도 히데키 씨를 그냥 불러야 하나요."

"아코가 그렇게 부르면 위화감이 있단 말이지."

캐릭터명일 때는 그냥 부르는데, 이름이면 씨를 붙인다.

오히려 이상하긴 한데 아코라면 왠지 확 다가온다.

"흥겨워하는 건 좋다만, 다들 좀 더 내게 말을 걸어줘도 된다."

"쿄우 선배는 너무 불리길 원하는 거 아냐?"

"쿄우."

"뭔가, 아카네 군!"

"그냥 불러봤을 뿐이야."

"핫핫핫, 이 녀석."

대체 왜 저리 노닥거리고 있는 걸까, 저 두 사람.

"응, 다들 익숙해졌네."

아키야마가 좋아하며 말했다.

"슬슬 부활동도 끝날 시간인데…… 여기서부터가 진정한, 이름으로만 불러야 하는 게임이야!"

진정한? 충분히 이름으로 부르고 있었는데?

내가 그렇게 생각하고 있는데, 그녀가 기운차게 말했다.

"지금부터 아코의 인사가 성공할 때까지, 이름으로만 불러야 해!"

"아니아니아니, 그건 무리라고!"

"이예~!"

"아예~가 아니거든, 나나코!"

이대로?! 이대로 금요일까지 보내자고?!

"지쳤어요……."

집으로 돌아가는 길. 아코는 정말로 피로가 엄청 쌓인 모양이었다.

"우리 엄마 탓에 정말 미안."

참으로 면목이 없다. 정말로 미안했다.

"하지만 사과하고 싶은 마음과 함께, 왜 이런 일로 고생하고 있느냐는 의문도 있어."

"그치만!"

아코가 내게 손을 뻗었다.

그걸 슬쩍 피했다.

"루시…… 히데키 씨?! 왜 피하는 건가요!"

"아까 연습을 헛수고로 만들 셈이냐."

한 발짝, 두 발짝.

조금 아코에게서 떨어졌다.

"이 정도의 거리로 걷자고."

"에엑?! 남 같잖아요!"

"남이야! 누가 보더라도 완벽한 남이라고!"

"남, 괄호 열고 남이라고는 말하지 않았다, 괄호 닫고."

"말하고 있거든?!"

어떻게 하지, 이 신부.

하지만 그런 이야기를 하면서, 평소보다 거리를 둔 채로 다가오지 않고 걷고 있다.

제대로 이름으로 부르고 있고, 노력은 하고 있다고 생각한다.

모두의 마음이 아코에게 닿은 것 같아서 왠지 기쁘다.

—그래도, 잘 생각해 보면…….

"이건 좀 더 빨리 했어야 하는 거 아닌가."

"어지간한 일이 아니면 이렇게 노력할 수 없는데요?"

"그 탓에 요 1년 동안 고생했거든?!"

노력……. 노력, 이라…….

"저기, 아코."

"네?"

조금 떨어진 위치에서 나를 바라보는 아코에게 조금 위화감을 느끼면서 말했다.

"이렇게, 연기라고나 할까, 평소와 다른 느낌으로 하고 있긴 한데. 평소의 자신을 보여줘야죠! 라고는 안 하네."

아코라면 결혼 보고를 하지 않다니 터무니없다! 라고 말할 것 같았는데 말이지.

"그야 물론 그러고 싶긴 하지만요!"

"역시 하고 싶구나."

"하고 싶어요. 하지만 그것 이상으로!"

주먹을 꽉 쥔 아코는 저물어가는 해를 바라보며 말했다.

"그 이상으로, 어머님의 마음에 들고 싶은 거예요!"

"……그러냐."

왠지 아코가 나를 신경 써주고 있다는 느낌이 들었다.

그야 엄마한테 쓸데없는 걱정을 끼치고 싶지는 않다. 신부니 뭐니 하는 그런 건 진짜로 봐줬으면 좋겠다.

하지만 정말로 아코가 무리를 할 정도냐고 묻는다면, 거기까지는 아닌 것도 사실이라…….

"아코, 딱히 엄마와 마음이 맞지 않더라도 신경 쓸 일은 아니거든?"

무리는 하지 않아도 돼, 라며 아코 쪽을 바라봤다.

"저는 사이좋게 지내고 싶다고요!"

그러나 왠지 적극적인 발언이 나왔다.

"어째서?"

"그게, 뭐라 말해야 할지 잘 모르겠지만…… 감사하고 있거든요."

"감사라니."

완전히 초대면인 상대인데?

"그치만 어머님 덕분에 루시아…… 히데키 씨가 태어나서, 저랑 만나고, 게다가 이렇게 행복한 부부가 되었으니까요!"

아코는 기뻐하며 말을 이었다.

"감사할 일이 가득 있고, 가능하면 사이좋게 지내고 싶어요!"

"그거, 엄마는 좋아할 것 같네."

확실히 나도, 아코의 부모님에게는 감사하고 있긴 하고.

하지만 한 가지 신경 쓰이는 건⋯⋯.

"엄마한테 양육을 받은 감각은 그다지 없단 말이지⋯⋯."

"대체 어떤 어머니였던 건가요."

"그런 사람이니까."

"히데키 씨. 어머니를 그렇게 말하면 안 돼요."

"미안합니다."

엄마의 어머니다운 부분, 요즘 본 적이 없었으니까.

"으음, 근데 아코에게 이름을 불리고 있으니 뭐랄까⋯⋯."

"진정이 안 되나요?"

"생각보다 확 다가오는 게 곤란해⋯⋯."

"그, 그런가요?"

위화감이 없다고.

초등학교, 중학교 때 나를 이름으로 부르는 친구는 전혀 없었다. 그래서 좀 더 이상한 기분이 들 것 같았는데, 아코는 완전히 확 다가온다.

세가와와 마스터도 나름대로 익숙해졌지만, 역시 아코는 다르네.

아키야마는 엄청 무섭다.

"으음~. 남편이 그렇게 말한다면, 앞으로도 히데키 씨라고 부르는 것도 사랑일지도 모르겠네요!"

"나는 반대로 타마키라고 불러볼까—."

"엄청 거리감이 느껴지니까 그만둬 주세요."

"그렇군요."

전에 했을 때 뼈아픈 꼴을 겪었으니까.

그때, 삐로링 하고 휴대전화가 울렸다.

꺼내보자—.

【아카네】나나코가 오늘은 게임 중에도 이름으로 부를 거니까 다른 길드 사람 부르지 말래.

【니시무라】오케~이.

【아카네】그리고 이제 슬슬 친구 인증 해달라고 나나코가 화내고 있거든, 히데키.

【니시무라】생각해 본다고 말해줘, 아카네.

【아카네】밥맛.

【니시무라】아카네 씨…… 그 말 들을 때마다 진짜로 침울해진다는 걸 이해해 줬으면 하는데…….

【아카네】농담도ㅋㅋㅋㅋ 약한 소리 하지 말라고ㅋㅋㅋㅋ

이럴 때라고 기고만장하기는, 젠장.

"……히데키 씨."

"으응?"

옆에서 휴대전화를 들여다보던 아코가 이쪽을 바라봤다.

저기, 왠지 어두운 오라가 나오고 있습니다만?

"이 게임, 인사가 끝나면 종료겠죠? 그렇죠?"

"그야 그렇지. 끝날 테니까 괜찮아."

"저의 히데키 씨를 친근하게 이름으로…… 제 앞이라면 몰라도, 개인 채팅에서까지…… 아무리 아카네라도 용서할 수 있는 것하고 용서할 수 없는 게……."

"게임이니까! 진정해!"

"요즘 잘 썰리는 식칼을 샀거든요오……."

"식칼은 요리에서만 쓰는 거야!"

바로 끝날 거야! 우리를 위해서니까!

아코는 게임이라며 납득해 줬지만, 나는 큰 문제를 잊고 있었다.

그것을 깨달은 건 다음날. 등교해서 반에 들어간, 그 순간이었다.

"좋은 아침, 히데키!"

——?!

아키야마의 한 마디로 교실이 조용해졌다.

진정 이름으로만 불러야 하는 게임, 교실에서도 속행이야?!

"좋은 아침이에요. 히데키 씨!"

그에 대항하듯이 아코까지!

"……(나무~)."

그리고 안타깝다는 듯이 보기만 하는, 말이 없는 세가와.

쏟아지는 시선 속에서, 나는 슬금슬금 의자에 앉았다.

"대답이 없는데~, 히데키~?"

"히데키 씨. 몸이 안 좋은가요?"

다가오지 마! 나를 혼자 내버려 둬!

"두 사람 다 진짜로 좀 봐주시죠."

"히데키 감점~!"

"얼마든지 감점해도 되니까 그만둬!"

"너도 재난이네."

"아카네도 감점이야!"

"……뭐, 힘내라고. 히데키."

"아카네도 배신하는 거냐! 믿고 있었는데!"

그렇게 말한 직후— 뒤에서 뻗어 나온 손이, 내 어깨를 꽉 잡았다.

"즐거워 보이네~? 히데키~?"

"히익!"

핏발선 눈의 타카사키가!

"기다려! 타카사키. 네가 상상하는 건 분명 착각이야."

"이봐, 히데키. 테니스부 부장의, 빌어먹게 잘생긴 선배 있잖아."

갑자기 무슨 소리야?!

"이, 있지. 언제나 여자 끼고 다니는 사람."

"그런 느낌으로, 내 여자입니다, 하렘입니다, 같은 느낌을 내는 녀석, 엄청 열 받잖아?"

"잠깐, 아니야! 역시 착각하고 있어!"

황급히 말했지만, 타카사키는 천천히 고개를 저었다.

"아~니~? 안 하고 있거든~?"

"신부가 화내지 않고 있으니까, 뭔가 이유야 있겠지."

"그럼그럼."

다른 남자애들도 저마다 말했다.

뭐야, 알고 있잖아. 깜짝 놀랐네…….

"하지만 히데키? 알기나 하냐? 이 기분!"

그러나 타카사키는 검은 미소를 지으며 나를 홱홱 당겼다.

아파아파! 어? 뭐야, 뭐냐고?!

"여자친구가 있는 주제에 귀여운 여자랑 엄청 친한 것도, 그건 그것대로 엄청 열 받거든?!"

"그렇지!"

"친구라도 좋으니까 나한테도 좀 넘겨줘!"

"친구 같은 건 멋대로 되면 되잖아우와아아아아아아악!"

목, 목! 그만둬, 조이기 들어가잖아! 진짜로 들어가고 있다고!

"즐거워 보이네요. 히데키 씨."

"점점 안색이 나빠지는데?"

"남자의 우정은 때때로 잘 모르겠어."

항복항복항복!

2장

"이상적인 아코를 연기해봐라!"

아코 내숭 작전, 이틀째.

"주역 등장, 이로군."

그렇게 말하며 천천히 앞으로 나온 건, 우리의 마스터였다.

"다음 문제는, 신부다, 신부다 말하는 거였을 거야."

"그건 여자친구라는 걸로 하면 되는 거고, 대단한 일은 아니잖아."

"본의는 아니지만, 각오는 되어 있어요."

"정말로 그렇게 생각하는 거냐? 너희들."

그렇게 말한 세 사람에게 마스터가 대담하게 웃었다.

어? 좀 더 심각한 문제가 있어?

"그럼 시험해보자. 아코 군, 히데키의 어머님께 질문을 받는 걸 가정하고 대답해다오."

"네!"

마스터는 기합이 충분한 아코에게 물었다.

"너와 히데키의 관계는?"

"연인이에요!"

아코는 망설임 없이, 당당하게, 가슴을 펴며 말했다.

말해, 주었다……!

"아아…… 내 꿈이, 마침내 이루어졌어…… 이렇게 기쁜 일이……."

"축하해, 히데키. 축하해……!"

"저기, 진짜로 조금 가슴이 아픈데요……."

그럼 앞으로도 쭉 그걸로 나가자.

아코가 여자친구가 되어서, 평범하게 평화로운 고등학교 생활을 보낼 수 있다면, 나는 그걸로 만족한다고.

"저, 저기, 딱히 싫어하며 말한 것도 아니고, 괜찮아 보이는데?"

"확실히 지금 발언에 문제는 없다만……."

마스터는 이어서 아코에게 물었다.

"그럼 아코 군. 두 사람의 관계는 언제부터냐?"

"네? 관계는…… 어어, 결혼한 건 마침 1년 전쯤이고……."

앗!

"앗!"

"그렇구나……."

"엄청 빨리 들통났네."

"어떠냐, 이건 문제다."

겉으로는 꾸며서 숨기더라도, 본인이 신부라고 생각하고 있으면 의미가 없는 건가…….

"그치만 갑자기 생각지도 못한 질문이 나와서요!"

"명백하게 상정해야 하는 질문이잖아."

"나올 것 같은 질문 랭킹 베스트 3에는 들어가겠네."

"거짓말하는 건 서툴다고요."

아코가 시무룩하게 말했다.

하지만 나는 알고 있다. 아코는 은근히 태연한 얼굴로 거짓말을 한다는 것을……

"……"

"…………"

"저기, 왜 제가 백안시당해야 하는 건가요?"

"글쎄?"

모두 같은 생각을 하는 거라고 생각합니다.

"뭐, 뭐…… 거짓말이라 생각하니까 안 되는 거다. 겉치레다, 겉치레."

"겉치레…… 그것도 서툴러요……"

"정말로 서툰 게 많네. 아코."

사각밖에 없으니까, 어쩔 수 없지.

"홋, 걱정하지 마라!"

마스터가 씨익 가슴을 펴며 말했다.

"내가 아코 군에게, 본심과 겉치레를 쓰는 방법에 대해 가르쳐 주마!"

"겉치레, 쓸 수 있게 되고 싶어요!"

"남들과의 표면적인 사교라면 맡겨다오!"

"잘 부탁드립니다!"

꽤나 빈번하게 보이는, 두 사람의 사제 관계다.

하지만 이번에는 조금 의문이 있는데…….

"쿄우 선배한테 남들과의 관계가 좋다는 이미지가 있었던가……."

"없네."

"실례로군!"

마스터가 이쪽으로 고개를 돌렸다.

"다들 모르고 있다만, 나는 동급생과, 표면적으로는 우호한 관계를 쌓고 있단 말이다!"

"표면적."

"표면적이네."

겉으로만 그런 건가…….

"그럼 쿄우 선배. 내면적으로는 어떤가요?"

"흐그억?!"

"아코, 그 이상은 안 돼."

마스터가 쓸데없이 대미지를 받고 있어!

"무, 물론 최종적으로는 진정한 의미에서 친구가 되어야겠지. 하지만 스타트 지점은 역시 표면적인 사교부터 시작되는거다. 특히 이번에는 첫인상이 중시된다. 내 특기 분야지!"

"참고로 쿄우 선배, 스타트 지점에서 나아간 적이 있나요?"

"크허억!"

"그만둬어!"

추가타가 들어갔어!

"아코, 겉치레를 익히자! 꼭 익히는 편이 좋아!"

"그래. 이대로 가면 안 돼!"

"어, 아, 네. 알겠습니다."

아코가 어리둥절하며 끄덕였다. 마스터, 진짜로 애 좀 어떻게 해주세요.

"그래서, 들어왔는데, 어쩔 거야."

평소대로 우리는 LA에 로그인했다.

"왠지 게임만 한다는 느낌이 드네요."

"게임에서 겉치레는 익힐 수 없지 않아?"

온라인 게임이라든가 인터넷, 오히려 본심이 나오기 쉬운 곳이니까.

"그리 조바심내지 마라. 이번에는 레전더리 에이지를 툴로 쓸 뿐이다."

마스터는 자신만만하게 휴대전화를 조작했다.

그러자 삐콩 하고 휴대전화가 울렸다.

—나를 제외한 세 사람의 것이.

"호오, 그런 거네."

"재미있어 보이네!"

"우우, 자신 없어요."

세가와, 아키야마, 아코가 휴대전화를 보며 뭐라 중얼거렸다.

　내게는 아무것도 오지 않았는데? 따돌리고 있어?

　"뭐야, 이거? 괴롭힘?"

　"그게 아니다. 히데키는 아무 캐릭터나 만들어서 초보자 훈련소 스타트 지점에서 기다리고 있어라."

　"흐음."

　잘 모르겠지만 들은 대로 해보자.

　캐릭터명은…… 루시안 2세로 할까.

　"들어갔는데."

　"좋아, 준비는 됐겠지? 동시에 들어가자!"

　슈왕 하고 누군가가 들어오는 효과음이 꽤나 겹쳐서 들렸다.

　그리고 나타난 것은―.

　◆애플리코트1 : 핫핫핫, 나님 등장!

　◆애플리코트2 : 마스터에요~!

　◆애플리코트3 : 애플리 들어왔다능!

　◆애플리코트4 : 어떠냐! 루시안, 누가 진짜인지 알 수 있겠나!

　"어, 어어~."

　뭐야, 이 뻔한 문제. 그냥 대답하면 되는 건가?

　◆루시안 2세 : 4번이잖아.

　◆애플리코트1 : 끄와아아아악!

　◆애플리코트2 : 졌어요오오오오.

◆애플리코트3 : 그러게~.

◆애플리코트4 : 훗, 나의 오라는 숨길 수 없나.

"이건 뭐야. 어떻게 된 건데?"

"잠깐 게임을 해보려고 해서 말이다."

게임이라······.

"그렇지만 대단한 건 아니다. 단순하게 누가 진짜인지 맞출 뿐인 게임이지."

"전원이 같은 사람이 되어서 누가 진짜인지 내가 맞춰보라는 거?"

"음."

어떤 건지는 알았다.

하지만 이거, 무슨 의미가 있는데?

"왜 또 이런 걸 하는데?"

"해보면 알 거다."

역시 마스터는 자신만만하다.

어디서 이런 자신감이 나오는 걸까.

"하지만 이번에는 너무 간단했군."

"그야 다들 할 마음이 없었으니까."

누가 누구인지 한눈에 알았거든?

"갑자기 그런 말을 들어서 그래요."

"너무 진짜로 하는 것도 좀······."

두 사람은 의욕이 꽤 없어 보인다.

"흠, 그럼 상품을 주마."

"뭔가 받을 수 있어?"

"어디 보자…… 하와이 여행 같은 건 어떠냐!"

"또 그런 농담을…… 농담을…… 농담 맞지……?"

"어떻게 생각하나?"

얼굴이 진심 같아!

"그건 규모가 너무 크잖아."

"딱히 가고 싶지도 않고~."

"신혼여행은 가고 싶지만, 해외는……."

게다가 다들 전혀 내키는 마음이 아냐!

"에잇, 이러니까 유토리 교육[#3] 세대는 도전 정신이 없는 거다!"

"유토리라고 말하면 아무튼 이긴다는 사용법은 그만두지 않을래요?!"

"애초에 하와이라고 말하면 좋아할 거라는 발상이 꼰대 같잖아."

"그 유토리와 꼰대의 싸움은 어둠밖에 없으니까 그만두자."

그 싸움은 아무도 이득 보지 않는다고.

"애초에 아코가 좋아할 상품이 아니면 의미가 없잖아."

"듣고 보니 그렇군."

#3 **유토리 교육** 주입식 교육을 탈피하고 학생의 자율성과 종합 인성교육을 중시한 일본의 교육방침. 1976년부터 단계적으로 돌입해 2002년부터 본격 도입되었으나 학생들의 학력 저하로 2009년부터 다시 학력 강화 교육으로 선회하게 된다.

흠, 하고 고민한 마스터는 힐끔 내게 시선을 보냈다.

어? 나는 상관없잖아.

"그럼 상품으로서, 우승자에게는 히데키가 머리를 쓰다듬어주기로 하자."

"지금 당장 시작하죠. 지금부터가 진짜예요."

우와, 의욕 내는 거 빨라!

"내가 하는 거야?!"

"참가하지 않으니까 그 정도는 부담하도록."

"딱히 상관은 없지만……."

쓰다듬을 받는 쪽에 거부권은 있는 걸까.

의도치 않게 이기게 되면 민폐 아냐?

……거부당하면 그건 그것대로 싫긴 하지만.

"딱히 우승하지 않더라도 아코의 머리 정도는 얼마든지 쓰다듬어줄 수 있는데."

"쉬잇!"

"자자, 반드시 이겨서 쓰다듬을 받을 거예요!"

"좋아, 누가 본인인지 맞춰보SHOW! 스타트다!"

아키야마의 휴대전화에서 뿌삐 하고 스타트음이 울렸다.

음향 담당은 그쪽이구나.

"지금부터 진짜이므로, 히데키는 가장 본인답게 보이는 사람, 절대로 본인이 아니라고 느껴지는 사람 두 명을 거론하도록 해라. 각각 플러스 1점, 마이너스 1점이다."

"그렇다는데요, 히데키 씨!"

"이상한 압박감 주는 건 그만둬."

아코를 찾는 게임이 아니니까.

"히데키가 공평하게 하지 않으면 의미가 없잖아."

"맞아. 히데키를 자기편 삼는 건 치사해."

전원에게 이름으로 불리니까 엄청나게 부끄럽습니다만.

"그럼, 다음은 이거다."

삐콩 하고 또다시 휴대전화가 울렸다.

다들 흠흠 하고 끄덕이고는 딸칵딸칵 조작을 해서, 척 엄지를 들었다.

"준비가 된 모양이군. 그럼 들어가자!"

효과음과 함께 네 명의 캐릭터가 나타났다.

장비는 없지만, 익숙한 금발의 꽃미남 캐릭터. 이 녀석은—.

◆루시안 2세 : 슈바인이 네 명인가…….

슈바인1~4가 나타났다!

"훗훗훗, 외모로는 모를 테지."

"전혀 모르겠어."

용케도 이렇게 똑같이 만들었네.

"그럼 전원 슈바인다운 말을 하도록 하자. 누가 말했는지 모르도록, 각각 적당히 채팅을 치는 거다."

◆슈바인1 : 이 몸이 슈바인 님이다! 핫핫핫!

◆슈바인2 : 훗, 이런 후줄근한 장비라도 이 몸의 멋진 모

습은 빛바래지 않는구만.

◆슈바인3 : 이 몸의 딜, 레벨 1로는 보여줄 수 없는 게 유감이군.

◆슈바인4 : 그보다…… 누가 나인지는 금방 알 수 있잖아.

"자, 진짜는 누구냐!"

"4번이겠지!"

분명히 이 녀석이야! 이 말투는 명백하게 세가와!

"호오, 그럼 절대로 가짜라고 생각되는 건?"

"너무 정석적인 슈바인 1번!"

조금 더 힘내라고 1번. 뭔가 더 있을 거 아냐.

"……그럼, 발표다! 나나코!"

아키야마의 휴대전화에서 두두두두두두 하고 드럼 소리가 울리기 시작했다.

짠!

"4번은 나!"

아키야마가 일어나며 말했다.

어, 거짓말?! 진짜로?!

"1번은 나야! 왜 모르는 거야?!"

본인이 그거라고?!

"모른다고! 본인이 제일 기합이 안 들어갔다니 이상하잖아!"

"무슨 소리야, 슈바인 님이라면 이거잖아."

"우우우, 제로 포인트예요."

"핫핫핫핫!"

우와~, 믿기지가 않네.

분명 맞을 거라 생각했는데.

"참고로 누가 아코였어?"

"2번이요."

"아…… 외모를 언급한 부분이 그럴 것 같다고 생각하긴 했는데."

그럼 딜이 어쩌고 그랬던 게 마스터인가.

그래도 양쪽 다 슈일 것 같기도 했고, 모른다니까.

"내가 지다니……."

"어떠냐, 놀랐겠지! 본인조차도, 타인이 상상하는 자신을 연기하는 건 어려운 거다!"

마스터의 말에 아코가 크게 끄덕였다.

"그렇군요! 상대가 생각하는 이상적인 모습을 연기하지 않으면 안 되는 거네요!"

"그래! 그게 겉치레의 본질인 거다!"

"알겠습니다, 해볼게요!"

"오, 오오…… 뭔가 전해지고 있어……."

괜찮지 않은 마스터가 아코의 개조에 성공하는 모양이다.

나머지는 효과가 나올지에 따라 달렸지만.

"그럼, 다음이다!"

슈왕 하는 소리가 나며 세테1~4가 나타났다!

"아키야마라……."

"히데키에게 마이너스 1포인트!"

"이름을 불러야 했지! 그래, 그렇지!"

바로 나오지 않는다니까!

"그럼 뭔가 채팅을 쳐보도록 하자!"

◆세테1 : 네~에! 진짜 세테땅 들어왔다능!

◆세테2 : 흑역사를 파내는 건 그만둬!

◆세테3 : 그보다 다들, 이름으로만 불러야 하는 룰 잊어버리고 있지 않아? 아직 게임은 계속하는 중인데?

◆세테4 : 다, 다들 나를 그런 이미지로 보고 있었어……? 이거, 친하지 않은 멤버가 하면 살짝 괴롭힘이네…….

"으~음…… 어려운데, 이거."

으으으으음. 고민되는군.

방금 패턴으로 보면 1번이겠지만, 있을 법한 건 3번, 리액션으로는 2번이고, 4번도 전원의 채팅을 보고 나서는 이렇게 말할 것 같고…….

좋아, 정했다!

"2번이 진짜고, 1번이 가짜!"

"호오, 그 이유는?"

"아까는 단순한 1번이 진짜였지만, 그게 빗나간 이상 본인이라면 그렇게 하지 않아! 그러니 순수한 리액션 같은 2번이 진짜야!"

"그럼 정답은!"

두두두두 하고 드럼 소리가 울렸다.

짠!

"2번은 나다! 핫핫핫!"

"1번이 나인데~!"

"거짓말?!"

"우우, 또 제로 포인트에요……."

"……이거 맞지도 틀리지도 않은 거, 은근히 씁쓸하네."

우와아, 또 빗나갔어?!

아니, 그건 넘어가고!

"마스…… 쿄우 선배가 『파내는 건 그만둬~!』라는 말을 했다고?!"

"겉치레라면 맡겨두라고 하지 않았나."

"큭. 얕보고 있었어……."

분하다. 최악이라도 세가와나 아코라고 생각했는데!

"그리고, 나나코는 왜 그런 기본적인 말을 한 거야?"

"자기가 자기답게 말하는 건 어려운걸!"

그야 그렇겠지만.

"그리고, 딱히 『들어왔다능』 소리는 흑역사가 아니거든?!"

"그건 실례했군."

마스터가 미안하다며 고개를 숙였다.

"참고로 나랑 아코는 누가 누구인지 알겠어?"

"으음, 3번이 아카네고 4번이 아코."

"어째서 알아챈 건가요?!"

"방금 골랐던 메타 발언을 쓰는 모습이 아카네 같았어. 4번은 일부러 괴롭힘을 상상하게 되는 모습이 아코."

다른 두 사람을 안다면 그 정도는 상상할 수 있습니다.

"간파당했네."

"기쁘기도 하고 분한 듯도 하고, 복잡한 기분이에요."

아코가 고개를 슬쩍슬쩍 갸웃하며 말했다.

"말을 길게 늘여서 뽐내기보다는, 짧은 말로 그럴싸함을 내는 편이 좋잖아……."

"바로 그거다. 단적으로, 필요한 말만 한다. 그게 겉치레의 첫걸음이지."

왜 이런 영문 모를 게임으로 공부를 하게 되는 걸까.

"그럼 최종전, 여기서 이기면 놀랍게도 3포인트다!"

"지금까지의 게임은 뭐였던 거야……."

"지금 선두인 쿄우 선배가 한 말이니까, 괜찮지 않아?"

그럴 거다 싶긴 했지만, 정석대로의 전개였다.

"지지 않을 거예요!"

그리고 아코가 수수께끼의 열의를 보였다.

"그럼, 스타트다!"

슈와~앙 하는 효과음이 울리고, 아코1~4가 나타났다!

"그리고 너희들, 이 아코는, 아코는 아코지만 평범한 아코가 아니다."

"그 말은?"

"이건 신부, 결혼, 부부라고 말하지 않는 아코인 거다!"

"뭐라고요~?!"

경악한 아코에게 마스터가 단호하게 말했다.

"이게 마지막이다! 이상적인 아코를 연기해봐라!"

"이상적인 저, 이상적인 저……!"

아코의 손이 키보드 위에서 파들파들 떨렸다.

괘, 괜찮은 건가?

"그럼 채팅을 치도록 하자!"

　◆아코1 : 제가 아코에요! 히데키 씨라면 알겠죠?!

　◆아코2 : 루시…… 히데키 씨의 신…… 여자친구는 나예요!

　◆아코3 : 이제 툭 까놓고, 저를 선택하면 쓰다듬어 줄 수 있으니까, 아무튼 쓰다듬어 주세요!

　◆아코4 : 그, 그런 건 그만둬 주세요! 지금 열심히 생각하고 있으니까!

"……또 어렵네."

한 명만 노골적으로 다르긴 하지만, 다른 모두는 그럴싸하다.

"……."

힐끔, 모두의 얼굴을 돌아봤다. 마스터는 역시 자신만만하고, 세가와와 아키야마는 즐거워 보인다.

그리고 아코는—.

"……."

진지한 표정으로 계속 키보드를 치고 있다.

아마도, 자기가 친 채팅에 납득할 수 없어서 좀 더 좋은 말을 생각하고 있는 거다.

그렇다면—.

"자, 히데키! 대답은 뭐냐!"

"진짜는 4번! 절대로 가짜인 건 3번이야!"

이게 나의 대답이다!

"호오, 의외의 대답이네."

"그럼 그 이유는!"

"이상적인 아코를 연기하겠다고 의욕을 내던 아코가, 툭 까놓고 승리를 따내러 오지는 않아! 오히려 연기는 미처 하지 못했지만, 그것에 화내고 있는 게 진짜야!"

"그렇군! 그럼 정답은!"

두두두두두두두! 짜잔!

"제가 4번이에요! 역시 마음이 통하고 있는 거네요!"

"3번은 나다. 훗훗훗, 간파당하고 말았나."

좋아, 마침내 맞췄다!

"좋았어!"

"이예~!"

아코와 하이파이브를 했다.

딱히 아코를 맞추는 게임은 아니었지만.

"노골적으로 2번은 세가와네. 나라고 했고."

"나는 1번이야."

"뭐?"

그럼 노골적으로 가짜였던 건—.

"2번은 나였습니다~!"

"왜 아키야마가 세가와 같은 연기를?!"

"마지막으로 히데키한테 앗 하고 놀라게 해주고 싶어서~."

그리고 마이너스 3점, 하고 혼났다.

"미안합니다, 아카네."

"좋아."

근데 이거 노골적으로 우승을 피했던 게…… 아니, 응. 됐습니다.

"그런고로 우승은 3포인트의 아코다."

"해냈어요!"

아코는 머리를 홱 돌렸다.

"자, 쓰다듬어 주세요!"

"바로 하는 거냐…… 딱히 상관은 없지만."

아코의 머리에 손을 대고 슥슥 쓰다듬었다.

폭신폭신 살랑살랑한 감촉에, 아코의 향기가 화악 풍겼다.

"에헤헤헤헤, 오랜만에 하는 스킨십이네요."

"겨우 하루 붙어있지 않았는데 그러냐."

"그치만!"

아코는 고개를 조금 기울여서 나를 살짝 올려다봤다.

"루시안은 쓸쓸하지 않았던 건가요!"

"……큭, 조금 이 상태에 안심하고 있는 내가 분해!"

"거봐요!"

"아코, 감점!"

"헉! 히데키 씨였어요!"

역시 본모습이 나오면 루시안이라고 불러 버리네.

"자, 아코 군."

아코가 만족하는 와중에 마스터가 말했다.

"이걸로 연기를 할 마음가짐은 생겼겠지?"

"지금이라면 할 수 있을 것 같아요!"

아코가 의욕을 한껏 내며 끄덕였다.

"그런고로 실전 연습이다. 슬슬 올 때가 됐는데……."

마스터의 말에 시계를 보고 있는데, 똑똑 노크 소리가 들렸다.

누가 온 거지? 선생님……은 온다면 처음부터 오니까.

"그래, 들어와라."

"안녕하세요~."

빼꼼 들어온 것은, 무척 익숙한 여동생.

"어라, 미즈키?"

"응."

"안녕하세요."

뒤따라서 인사한 것은 안경 후배— 후타바도 부실로 들어 왔다.

오늘은 온라인 게임을 할 예정이 없는데, 어쩐 일일까.

"이번에 부른, 특별 강사인 니시무라 미즈키 씨다."

"자, 잘 부탁드립니다."

"따라왔어요."

조심조심 고개를 숙인 미즈키와, 당당한 후타바.

후타바는 따라온 건데도 의기양양하네.

"그래서, 왜 또 미즈키가?"

"이쪽은 어머님 대책에 대한 강의를 받기 위해서 말이지."

"아…… 그렇군."

적임자라면 적임자. 엄마에 대해서는 나보다도 더 자세히 알 거고.

"미안, 미즈키. 이상한 일로 민폐를 끼치고."

"아냐, 남 일은 아니니까."

미즈키는 하아, 하고 지친 한숨을 내쉬었다.

"정말로, 우리 엄마 때문에 면목이 없네요…… 맹신이 심하다고나 할까, 하겠다고 결심하면 완고하게 움직이지 않는 사람이라……."

"정말 미안."

"딱히 너희가 잘못한 건 아니잖아."

그렇게 말해준다면 고맙습니다.

"근데 두 사람의 엄마구나, 라는 느낌은 드는데?"

"그렇지."

"에엑?!"

"어째서?"

엄마와 우리가 비슷한 점이 있나?!

"그야 스토커 여동생과, 결혼으로부터 도망치고 있는 오빠잖아."

"스, 스토커는 제가 아니라 아코 언니거든요?!"

"부정은 할 수 없지만요!"

"부정해줘, 아코!"

아코는 아직 스토킹은 한 적 없다고!

우리 집 주소를 멋대로 기억하고는 있지만!

"그래도, 믿음직한 원군이네요!"

아코는 미즈키의 손을 꽉 잡았다.

"잘 부탁해요, 미즈키!"

"……아코 언니가 진심으로 인사해버릴 생각이구나, 라는 걸 지금 한 마디로 잘 알았어요."

"물론 그럴 생각인데요?! 해버리다니 뭔가요!"

미즈키가 미묘하게 싫어하고 있었다.

안 그런 것 같으면서도, 이건 이것대로 사이가 좋네. 아코와 미즈키.

"그런고로 강의를 부탁하마."

"네."

미즈키는 어떤 메모를 꺼내서 이야기를 시작했다.

"그게 말이죠, 실은 극비 루트로 엄마가 아코 언니에 대비해서 만든 상정 문답집을 입수하는 데 성공했어요."

"……엄마의 대본, 훔쳐봤구나."

"극비 루트예요."

극비 루트란다.

응, 나도 방법은 묻지 말아야겠다.

"그러니 지금부터 아코 언니한테, 예상되는 질문을 할게요."

"그것에 대응하는 대답을 준비한다면……."

"기본적으로는 문제없이 넘길 수 있을 거예요."

"꺄앗! 미즈키, 너무 좋아요!"

"으엑!"

"으엑이라니 뭔가요?!"

자, 자—.

"우선 시작 질문이, 두 사람은 정말로 사귀고 있는가, 예요."

"물론, 네! 죠!"

"어, 그 경우에는 다음 질문이—."

딩~동~댕~동 하고 부활동 종료를 알리는 종이 울렸다.

그리고, 그에 맞춰 강의도 끝났다.

"네. 이게 전부예요."

"그럼 이 메모대로 이야기하면 괜찮은 건가요!"

열 장 정도의 메모를 든 아코가 눈동자를 반짝반짝 빛냈다.

정기시험 문제를 입수하면 이런 표정을 짓겠지~, 라는 생각이 든다.

"고마워요! 새언니는 힘낼게요!"

"어떻게 되든 딱히 상관없거든요. 아코 언니."

"루시안! 슈슈가 데레해주지 않아요!"

"호칭, 호칭."

"그랬었죠, 미즈키."

아코는 얼굴을 확 굳히고는 미즈키를 다시 불렀다.

이제 내일이 실전이다.

짧은 시간 안에 이렇게나 아코가 평범한 여자아이가 될 줄은 몰랐다.

"다들 나랑 아코를 위해 애써줘서 고마워."

"우리는 여기까지밖에 도와줄 수 없지만…… 뭐, 뼈는 주워줄 테니까."

"응원하마!"

"파이팅이야!"

"적당히 노력해 주세요."

"힘내요, 선배."

"네! 최선을 다하고 올게요!"

그리고 다음날, 방과 후.

"자, 무서운 시간은 바로 찾아오네."

"하루가 놀랄 만큼 짧았는데요……."

나와 아코는 우리 집 앞에 섰다.

여러모로 생각하고 있었더니 순식간에 하루가 끝나서 진짜로 오늘이야? 라는 생각이 들 정도다.

그대로 왔으니까 두 사람 모두 교복이지만…… 뭐, 정장이니까, 괜찮겠지.

"그럼 가볼까? 아코."

"네헷, 히히히히히히데키 씨."

"……조금 더 진정되고 나서 갈까?"

"아, 아뇨. 괜찮아요."

그 새파랗게 경련하는 죽은 사람 같은 얼굴은 도저히 괜찮게 보이지 않거든?

"정말로 무리라면 돌아가도 돼."

몸이 안 좋다든가 가정 사정이라든가, 변명거리는 얼마든지 있으니까.

"아뇨! 히데키 씨는 제 부모님과 친해졌는데, 제가 도망칠

수는 없어요!"

"본심은?"

"지금 당장 집에 돌아가서 이불 속으로 파고들고 싶어요."

솔직해서 좋네.

"내가 말하는 것도 좀 그렇지만, 그렇게 긴장할 상대는 아니니까. 가급적 진정하고 가자."

"네, 네에……."

아코는 부들거리며 끄덕였다.

좋아, 언제까지 밖에 있어 봐야 별수 없지.

"그럼 가자."

"네엣!"

문을 열고, 현관에 발을 들이밀었다.

아아, 엄마의 직장용 신발이 있네. 당연하지만 집에 있구나.

"다녀왔습니다~."

"시, 실례합니다앗!"

우와, 아코의 목소리가 뒤집히고 있어.

"그래, 어서 오렴!"

거실에서 엄마가 나왔다.

마침내 왔다. 아코와 엄마가 대면하는 때가……!

"처, 처음 뵙겠습니다! 타마키 아코입니다!"

오오오! 아코가 제대로 말했다!

"나, 나야말로 반가워, 히데키의 엄마인 니시무라 유키란다."

우와, 이쪽도 지지 않게 긴장하고 있어. 하지만 제대로 말했고!

엄마, 슬리퍼가 좌우 반대네. 그리고 아코는 그걸 모르고 있고.

두 사람 다 얼마나 긴장하고 있는 거야?

"어, 어어…… 제1항 2번…… 그래, 서서 이야기하기도 그러니까, 안으로 들어오렴."

"퀘스트 스타트, 1의 1이니까…… 네, 실례합니다."

"……두 사람 다, 작은 목소리로 이상한 말 하지 않았어?"

딱히 상관은 없지만.

"일단 아코, 거실은 이쪽."

"네. 알고 있어요!"

하긴 몇 번 온 적이 있었지.

그렇게 해서, 두 사람의 신기한 해후가 시작되었는데…….

"……."

"…………."

소파에 마주 앉은 아코와 엄마는, 차를 눈앞에 두고, 말없이 서로를 바라보고 있었다.

어째서?! 왜 여기서 아무 말도 없는데?!

"저, 저기, 엄마? 이쪽은 타마키 아코야. 나랑 같은 반이고……."

"앗!"

그때 아코가 내 말을 가로막듯이 탁 손을 쳤다.

"우선 2의 1이었어요! 어어…… 이쪽은, 변변찮은 거지만 인사를 겸해서……!"

"아코, 선물 같은 걸 가져왔었어?! 그보다 왜 메모를 보고 있는데?!"

"지참품?! 제2항 특기 사항 1번!"

엄마가 주머니에서 뭔가를 꺼냈다?!

저건— 대본이다!

"여기네, 그러니까…… 어머어머, 그렇게 신경 써주지 않아도 괜찮은데……."

"천만에요. 언제나 히데키 씨에게는 신세를 지고 있어서……."

"여기서는 제3항 1번이네…… 어어…… 그런데 아코 양, 우리 아들하고는 정말로, 저기…… 교제를……?"

"윽! 퀘스트가 진행됐네요. 3의 1…… 네, 좋은 교제를 하고 있어요!"

"대답은 YES…… YES일 경우에는 제5항으로 진행…… 어머, 정말이니? 이런 귀여운 아가씨가 우리 아들하고? 왠지 미안해지네."

"이, 이건 교제에 대한 반대……? 겸손……? 아니, 사귀게 된 경위, 5의 3! 히데키 씨하고는 무척 취미가 잘 맞아서—."

"으아아아아악! 두 사람 다 그 대본을 보면서 이야기하는 거 그만둬!"

이건 절대 제대로 된 인사가 아니잖아!

그렇게 생각한 나는 두 사람의 대본과 메모를 빼앗았다. 하지만—.

"아앗, 뭐 하는 거니?! 히데키!"

"맞아요!"

"그치만, 제대로 대화를 안 하고 있잖아!"

"무슨 소리인가요! 이걸로 잘 해나가고 있는데 이상한 소리는 하지 말아 주세요!"

"그래! 이상한 소리 하지 말렴, 히데키!"

"에에에에에엑?!"

내가 이상한 거야?! 두 사람이 아니라?!

그렇게 놀라는 사이 아코가 내 손에서 대본을 빼앗았다.

"자, 여기요!"

"고마워, 아코 양. 미안하네, 우리 아들이 뭘 모르는 아이라……."

"아뇨아뇨, 히데키 씨의 이런 부분도 좋아해요."

"그건 제1항 특기 사항 1…… 어머어머, 사이가 좋구나. 벌써 아들을 뺏긴 걸까……."

"너무 친해 보였을 때의 반전 액션…… 1의 8! 설마요, 아직 사귀기 시작한 지 1년 정도밖에 지나지 않았는걸요."

"교제 기간의 확인…… 제4항 3번에, 연 단위니까…… 어머, 벌써 그렇게 오래 사귀었니? 전혀 못 들었는데! 히데키도 참, 엄마한테 말해줬다면 좋았을걸!"

"그냥 마음대로 해줘……."

나는 대본과 메모를 보면서 대화를 이어가는 두 사람을 곁눈질하며 소파에 등을 기댔다.

난 이제 몰라.

"다음은…… 최종항 7번! 히데키가 근사한 여자아이와 친하게 지내는 것 같아 다행이네. 앞으로도 아들을 잘 부탁해."

"으……! 클리어 메시지! 어, 엔딩에서 에필로그로 가는 흐름은…… 저야말로, 꼭 어머니와 친해지고 싶다고 생각하고 있었어요! 잘 부탁합니다!"

"……끝났어?"

중간부터 전혀 듣지 않았지만, 왠지 일단락이 지어진 기분이 드는데…….

"네, 무사히 끝났어요!"

"오랜만에 한 권을 다 써버렸네. 고마워, 아코."

"저야말로, 무척 안심하고 대화할 수 있었어요! 감사합니다!"

"두 사람 다 다행이네. 즐겁게 대화를 해서."

아코 양으로 부르고 있었는데 아코가 되었으니까, 정말로 즐거웠던 거겠지.

그런 의문은 이제 잊어버리기로 했다.

"아, 맞다맞다. 추가 사항 1번…… 어떠니? 시간도 늦었는데, 저녁이라도 먹고 가지 않을래?"

"어어, 엑스트라 퀘스트…… 어디였더라……."

"방금 옆에 놔둔 종이 아냐? 위쪽에 적혀 있었어."

"아, 정말이네요! 어어…… 죄송합니다. 집에서 저녁 준비를 하고 있어서요."

"NO인 경우는 2번…… 아쉽네. 다음에는 먼저 연락할게."

"회피 성공이니까…… 네, 또 기회가 있다면 꼭 먹을게요!"

응! 하고 두 사람은 만족스럽게 끄덕였다.

"아~, 확인 좀 하겠는데, 두 사람의 대본으로는 여기서 헤어져서 돌아가는 흐름으로 OK?"

"오케이야."

"오케이에요!"

"그래. 역까지 바래다줄게. 아코."

"감사합니다!"

아코가 조금 휘청휘청거리며 일어났다.

그 뒤을 따라서 거실로 나가려고 하는데—.

"히데키, 히데키."

"왜?"

뒤를 돌아보자, 요즘 들어 꽤 드물게도 만면의 미소를 지은 엄마가 대본을 꼬옥 안고 말했다.

"너무너무 멋진 아이잖니! 저런 착한 아이는 그리 많지 않으니까, 놓치면 안 된다?"

"아, 예. 그럴 생각입니다. 친해진 것 같아 다행이네."

아니, 정말 다행이네요. 네.

"실례했습니다!"

"또 놀려오렴."

"그럼 다녀오겠습니다."

현관문을 닫은 것과 동시에, 아코가 풀썩, 어깨에서 힘을 뺐다.

"하아…… 긴장했어요……."

"나도 다른 의미로 지쳤어."

팔랑팔랑 페이지를 넘기거나 메모를 넘기거나, 다음 대사를 찾아서 1분간 대화가 멈췄는데도 왜 두 사람 모두 태연한 걸까? 서로 대본을 보고 있는데도 평범하게 대화가 성립되다니 어떻게 된 거야?

"그런 묘한 대화는 처음이야…… 나만 렉 걸린 줄 알았어……."

"메모를 확인할 시간이 주어져서, 대답이 느려서 더 좋았을 정도예요."

"그걸 과연 대화라고 할 수 있을까……."

그냥 좋았을 뿐 아냐?

"아까도 잠깐 말했던 거지만, 엄마는 아코가 무척 마음에 들었던 것 같아."

"정말인가요?!"

"정말정말. 고맙다, 아코."

그렇게 좋아하는 엄마의 얼굴, 오랜만에 봤어.

나로서도 내 여자친구…… 여자친구……?……에게, 이상한 엄마라는 인식을 주게 되면 어쩌지, 하고 고민했었으니까.

"아코 덕분이야."

"아뇨, 저야말로! 우우우, 다행이네요!"

아코는 후우, 하고 크게 한숨을 내쉬었다.

내 가족을 그렇게 중요하게 생각해주다니, 왠지 나도 기쁘다.

"……그래도 조금 불안해요."

그때 아코가 조금 눈썹을 찡그리며 말했다.

"불안?"

"오늘 저는, 평소의 제가 아닌, 어머님한테 맞는 저였잖아요."

"그랬……었, 던가?"

평소의 아코보다도 더욱 위험한 아코였던 것 같은데…….

"평소의 제가 아닌 모습이 마음에 드셨다는 건, 평범하게 접하면 싫어하실지도 모를 것 같아서, 그게 불안해요."

"그럴 일은 없어."

확신을 갖고 말할 수 있다.

"오늘의 그걸로 마음에 들었다면, 본래 아코가 마음에 들었다고 생각해도 틀림없어."

"정말인가요?"

"물론이지."

그런 영문 모를 인사, 아코 말고는 있을 수 없다고.

"다행이네요~."

에헤헤~ 하고 웃은 아코는 탁탁 현관을 내려갔다.

"이걸로 안심하고, 오프 모임과 결혼기념일을 맞이할 수 있겠네요. 루시안!"

"그래…… 응, 호칭도 그쪽으로 다시 돌아갔네…….."

무사히 끝난 건 다행이지만, 이름으로 불리지 않게 된 건 조금 섭섭했다.

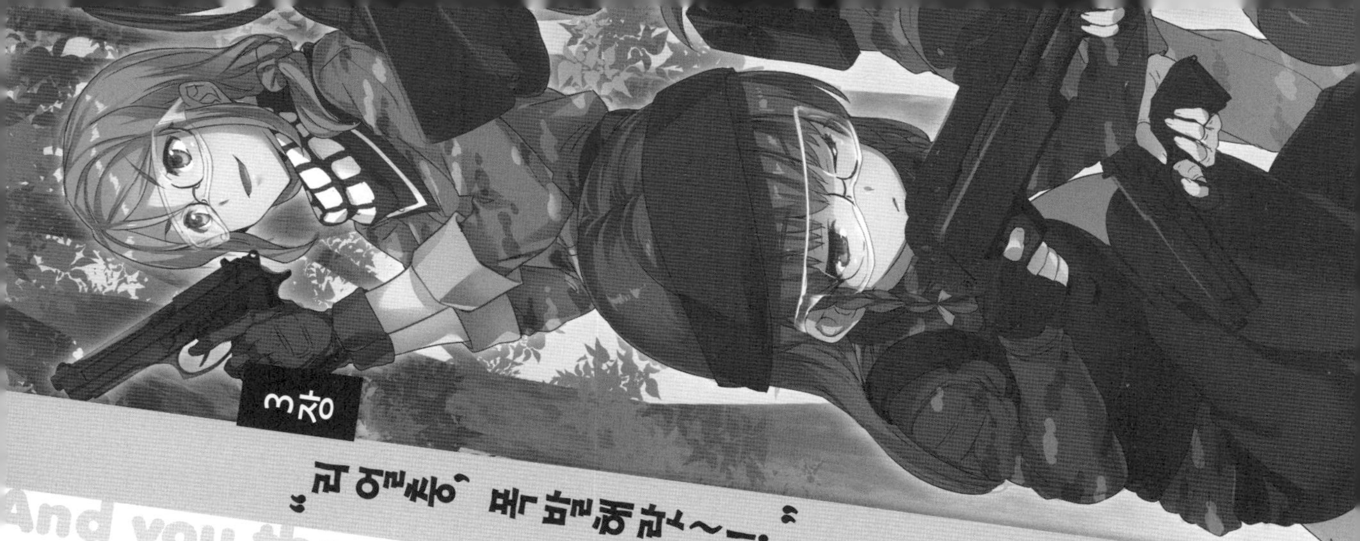

3장

"리얼충, 폭발해랏~!"

And you thought there is Never a girl online?

휴대전화 알람을 세팅해둔 시간이 되었다.

작은 소리와 진동이 주머니에서 울렸다.

약속시간을 생각하면 슬슬 나가지 않으면 늦을 타이밍이다.

"……웃샤."

가방을 한 손에 들고 일어서자, 후다다닥 복도를 달리는 소리가 났다.

"오빠, 준비 다 됐어?"

거실로 달려온 여동생이 들뜬 숨을 몰아쉬며 말했다.

"내가 시간을 끈 것 같은 말투지만, 나는 30분 전에 전부 끝냈거든?"

자랑이 아니지만 놀러갈 때 지각한 적은 없다고.

아슬아슬한 시간까지 대기했던 건 미즈키를 기다리고 있었기 때문이다.

"여자아이는 여러모로 시간이 드는걸."

"알고 있으니까 꾸짖지 않는 거라고."

오빠를 몇 년 해오고 있는 줄 알아? 준비에 시간이 걸리는 것 정도는 안다고.

특히 요즘 미즈키는 화장하는 법을 조금 익혔는지 더욱

늦어졌다.

그런 의미에서는, 언제나 쌩얼인 아코는 준비시간이 무척 빠르다.

"화난 건 아니니까 딱히 변명할 필요는 없어."

"오빠, 그런 말 하면 인기가 없어."

"무적의 한 마디를 꺼내는 건 그만둬 줄래?"

그 스킬은 너무 센데도 사용조건이 엄청 느슨한데, 뭔가 버그 아냐?

"자, 가자."

"네~."

집을 나서기 전에 화이트보드의 가족 일정란을 갱신했다.

나와 미즈키 쪽에는 외출이라고 적어 놨다.

엄마는 출근(귀가 빠름)으로 되어 있다.

아버지는— (슬슬 죽겠음)이라고 적혀 있었다. 수고가 많으십니다.

"다녀오겠습니다~."

"습니다~."

미즈키를 데리고 향하는 곳은 마에가사키 역. 작년 이날, 우리가 모였던 곳.

그렇다. 오늘은 앨리 캣츠 결성 2주년(쯤)을 기념한 두 번째 오프 모임 날이다.

역에 도착한 것은 예정보다 조금 이른 시간이었다.

"아직 조금 여유가 있네."

"오빠가 너무 서두른 거야."

"정확하게 10분 전에 도착하지 않은 시점에서 우리는 벌써 늦다고."

아코도 비슷한 타입이라서 꽤 빨리 온다니까.

"아, 잠깐 음료수 사 올게~!"

"그래, 먼저 가 있을게."

편의점으로 달려가는 미즈키를 보내고, 역 앞 광장으로 향했다.

작년과 같은 곳. 작년과 같은 시간.

아코와 처음 만난 곳 — 이렇게 말하면 그 녀석은 화내겠지만 — 에는, 작년과 다른 광경이 있었다.

"……."

긴 머리의 조그만 여자아이가 혼자 서 있었다.

고개를 수그리고, 그러면서 조심조심 주변을 돌아보는 동작이 왠지 작은 동물 같아서, 이제 와서이긴 하지만 귀엽게 보였다.

힐끔 보이는 옆모습은 무척 정돈되어 있어서, 이 아이가 내 신부라는 게 믿기지 않을 정도다.

—왠지 정말로 믿기지 않는데, 진짜로 얘가 나를 좋아하는 건가?

"……"

조금 불안한, 하지만 어딘가 기대하는 표정의 아코…….

나도 이런 얼굴로 기다리고 있었던가, 그런 느낌이 들었다.

아니, 나는 이렇게 귀엽지는 않다. 주변 남자들이 힐끔힐끔 아코를 보는 시선이 느껴지니까. 에잇, 보지 말라고! 내 신부란 말이다!

다른 녀석들이 말을 걸기 전에, 그날의 아코처럼 뒤에서 다가갔다.

나를 알아차리지 못하고 있는 그녀에게 살짝 말을 걸었다.

"……아코."

"앗!"

내가 더 놀랄 만큼 어깨를 들썩인 아코가 뒤를 돌아봤다.

"아…… 루시안."

"여어."

긴장하던 표정이 바로 헤벌쭉 풀어졌다.

내 얼굴을 보고 안심하는 걸 보면 나도 마음을 놓게 된다니까.

"미안, 오래 기다렸지?"

"아뇨, 전혀요!"

아코가 휙휙 고개를 내저었다.

검은 상의에 하얀 스커트, 왠지 작년과 비슷한 분위기였다.

2주년이라는 걸 의식해서 맞춘 걸까.

"……."

그런 아코가 어째서인지 나를 빤~히 올려다봤다.

어라? 뭔가 이상한 옷을 입고 왔던가. 미즈키는 아무 말 안했는데…….

"왜 그래?"

내가 그렇게 물어보자, 아코는 어벙한 표정으로 말했다.

"아뇨, 저기…… 루시안이구나~ 해서요."

"대체 무슨 소리야."

"아, 아니에요. 그게 아니고요."

뭐가 아닌 건데.

"오늘 여기로 오면서, 작년 일을 생각하고 있었는데요."

"응."

그건 나도 같다.

"그랬더니, 혹시 전부 거짓말인 게 아닐까~ 하는 기분이 들어서요."

"어째서 그렇게 되는데!"

그건 나랑 달라!

"왜 그런 대대적인 몰래카메라를 해야 하는 거냐고."

"몰래카메라가 아니라면, 환각이라거나! 그게, 설마 아니겠지만, 어쩌면 이 루시안은 제 상상 속 존재에 지나지 않는 게 아닐까요!"

"아니거든? 아니라고."

제대로 여기에 있다니까.

"아~, 그렇지만 나도 비슷한 생각은 했을지도······."

"상상 속의 저인가요?!"

"그것도 그렇지만."

애 위험할 정도로 귀여운데, 정말로 나를 좋아하는 건가? 라는 생각을 잠시 하긴 했지만, 그런 쪽이 아니라—

"기다리는 아코를 보니까, 작년에 아코가 내게 말을 걸었던 거, 엄청 용기가 필요했겠구나~ 라는 생각이 들었거든."

나였다면 말 걸지 않고, 나 몰라라 하는 표정으로 대기했을 거다.

"그거야 물론!"

아코가 힘차게 끄덕였다.

"인생에서 제일 노력했어요!"

"참고로 두 번째는?"

"얼마 전에, 어머님하고 만났을 때요."

양쪽 다 나 관련인가.

나를 위해서 노력해준 걸까, 아니면 그저 지금까지의 인생에서 노력할 국면이 없었던 걸까.

"참고로 루시안이 인생에서 제일 노력했을 때는 언제인가요?"

"아코에게 고백했을 때."

공원에서. 싫어요, 라는 말을 들었을 때.

"두, 두 번째는요?"

"아코에게 고백했을 때."

바다에서. 부부인데요~ 라는 말을 들었을 때.

"아, 아하하하하~."

"눈을 돌리며 웃지 말라고."

참고로 세 번째는 아코네 아버지와 만났을 때다.

"……어라? 슬슬 시간이 됐는데, 아무도 안 오네요."

"다들 늦네."

미즈키는 바로 오겠지만, 다른 모두는 어떻게 된 거지?

"특히 마스터는 가장 먼저 올 것 같았는데."

"마스터는 작년에도 마지막이었는데요?"

"그러고 보니…… 아니, 그렇다면, 옳거니."

아코와 얼굴을 마주하며 서로 고개를 끄덕였다.

틀림없다. 수수께끼는 모두 풀렸어.

"그 사람, 분명히 근처에서 대기하고 있을 거야."

"그렇겠죠!"

전원이 모이고 나서 의기양양하게 고개를 내밀 생각이군!

그렇게 생각한 직후─.

"어~떻~게~ 알아챈 거냐~."

"우와아아아악!"

"햐웃?!"

뭔가가 나왔다?! 나무 뒤에서 나왔어!

묘하게 검은 오라를 두른 마스터가 슬그머니 나왔다!

"그러니까 평범하게 합류하자고 했잖니."

"하지만 선생님, 회장 속성이 사라진 저는 더한 임팩트가 필요합니다. 이대로 가면 캐릭터가 흐릿해지고 말 겁니다!"

"언제부터 캐릭터가 흐리다고 착각하고 있던 거니……."

오히려 너무 많이 겹쳐있거든? 회장 캐릭터가 없어지더라도 충분할 정도로 진하다고.

그보다 두 사람이나 있었나…….

"마스터, 선생님. 언제부터 있었던 건가요."

"처음부터야."

"내가 처음이고, 다음에 사이토 교사가 왔다."

그럼 순순히 기다리라고! 왜 숨어 있던 건데!

"뭐 하는 거야? 너희들."

"얏호호~."

씁쓸한 표정의 세가와와 변함없이 명랑한 아키야마가 다가왔다.

집합시간까지 앞으로 2분. 아직 오지 않은 건—.

"어라? 무슨 일 있나요?"

"……안녕하세요."

오, 왔다 왔어.

편의점 봉지를 든 미즈키와, 변함없이 표정이 변하지 않는 후타바가 왔다.

이걸로 여덟 명, 전원 집합인가.

"……왜 나 말고 남자가 없는 걸까."

캐릭터 성별로 따지면 여자가 조금 많은 정도이건만.

"다른 남자가 있었다면 2회 오프 모임은 열리지 않았을 거야."

"그러네요!"

무서운 소리 하지 말라고. 남자가 있어도 괜찮잖아.

"이걸로 다 모였군."

"저번의 두 배라니, 1년 만에 늘었네."

"평범한 길드라면 적은 정도인데요?"

그럼, 집합한 건 좋지만—.

"마스터, 오늘은 뭘 할 건데?"

실은 아무것도 듣지 못했다.

아코와 엄마의 일로 왁자지껄했던 사이, 오프 모임 준비는 마스터에게만 맡겨졌으니까.

"음, 오프 모임 개시를 선언하기 전에, 우선 차로 이동하자."

"다들, 이쪽이야~."

뭐? 차?

"오프 모임인데, 어디로 갈 건데?"

"훗훗훗훗훗."

물어본 내게 마스터는 진심으로 기뻐하며 웃었다.

아아, 또 뭔가 꾸미고 있구나.

선생님이 운전하는 8인승 왜건을 타고 달린 지 한 시간, 어느 산간 주차장에서 차가 멈췄다.

눈에 보이는 건 커다란 건물과 제대로 손질이 되어 있는 나무가 적당히 있는 삼림.

"여기는 어딘가요?

"하이킹이라도 할 거야?"

"등산은 싫어요~."

오프 모임인데 자연 속에서 하다니, 어떻게 된 거지?

캠프라든가 BBQ같은 건 아니겠지?

"그럼 제군."

상황을 받아들이지 못하고 있는 우리에게 마스터가 말했다.

"제군들은 이제부터— 서로 죽여줘야겠다!"

"뭐엇?!"

또 이상한 소리를 시작했는데!

서로 죽여?! 서로 죽인다고?!

"어, 어떻게 된 건가요?! 마스터. 저는 모두를 죽일 수 없어요!"

"아코, 그러면서 미묘하게 우리하고 거리를 두는 건 어째서야."

아코의 전투준비가 빨라! 잠깐만, 상황을 잘 모르겠거든?!

"앗!"

건물 쪽을 보던 아키야마가 말했다.

"서바이벌 게임 필드, 라는데?"

"눈치챈 거냐!"

씨익 웃은 마스터가 허리에서 권총…… 아마 장난감일 것을 꺼냈다.

"그래, 오늘은 서바이벌 게임을 할 거다!"

"아~ 서바이벌이라……."

이런 산속에서 뭘 하나 했더니만.

과연, 이건 확실히 서로 죽이게 되겠네.

"오빠, 서바이벌 게임이라니, 요컨대 에어건을 쏘는 거야?"

"그렇지. 서로 BB탄을 쏘는 게임……이라고 생각해. 나도 해본 적은 없지만."

흥미는 조금 있었지만, 기회가 없었으니까.

"그걸 우리가 한다고?"

"음. 현실에서 모이게 되는 걸 살리고, 몸을 써서 놀지만 그래도 게임 같고, 게다가 남들 눈에 띄지 않는 이벤트 아니냐!"

그렇군, 그래.

그런 의미에서는 확실히 조건에 맞네.

"전부터 하고 싶다는 생각은 했었다만, 인원도 부족하고, 미성년자만으로는 할 수가 없어서 말이다."

"오늘은 유이 선생님도 왔으니까~."

"쉬는 날에 운전하고 보호자까지 되어 준 선생님에게 좀 더 감사해도 된다고 생각한다냐."

"수고하셨습니다."

"감사합니다~."

정말로 수고를 끼치게 되네요.

"참고로, 설사 어른스럽지 않다는 말을 듣더라도 선생님은 전력으로 이기려고 나설 테니까, 다들 각오하라냐."

"즐길 생각이 넘치잖아요."

"실은 FPS도 꽤 하고 있거든."

게다가 폐인이고.

"저도 리얼 뷰~티풀~ 할게요!"

"나, 오락실에 있는 건(gun) 슈팅은 자신 있는데."

"마우스 조작이 아니라면 특기야!"

평소 멤버들도 의욕이 넘친다.

게스트 쪽은⋯⋯.

"아코 언니에게 직접 공격⋯⋯ 괜찮을지도!"

"한다면 안 져요."

게스트들도 할 마음이 있나 보다.

응, 다들 의욕을 보여서 좋긴 하지만⋯⋯ 우리 멤버, 왠지 호전적인 사람이 많지 않아?

"그럼 갈아입을 옷도 준비해 놨다. 저쪽 건물에서 준비를 해다오."

"나는?"

"루시안은 차에서 준비해라. 이걸 입어라."

"오케이."

오우, 미채복!

왠지 조금 남자의 마음을 간지럽히는데!

그런고로—

"앨리 캣츠 결성 2주년, 제2회 오프 모임을 개최한다!"

"와~!"

덥수룩한 길리 슈트를 입은 아코가 손뼉을 쳤다.

모두들 역시 긴소매 미채복과 고글을 쓰고, 짝짝 손뼉을 쳤다.

역시 마스터, 준비하는 것들이 전부 진짜 같네.

"주의사항을 확인하마. 절대로 고글을 벗지 말 것. 탄에 맞으면 순순히 신고할 것, 신고한 자에게 사격하지 말 것, 그리고 전력으로 즐길 것. 이상이다!"

"네~."

"말은 그렇게 하지만, 애초에 총 같은 건 안 가져왔는데?"

"물론 준비해왔다."

마스터가 차 트렁크를 열었다.

우와, 총하고 탄이 대량으로 있네. 게임 아이템 숍처럼 되어 있어!

"이쪽에 무기를 골라 놨다. 호명한 자부터 수령해가라."

"지극 정성이네."

미즈키가 태평하게 말했다.

"아니, 마스터가 하는 일이야. 방심할 수는 없어."

"……부장, 무기를 골라 놨다, 고 했어요."

후타바가 진지한 표정으로 말했다.

"랜덤으로 고르라고는 하지 않았어요."

"그렇군."

분명 뭔가 의도가 있을 거다.

예를 들어 내 무기는…….

"우선 루시안, 지급품은 이거다."

영차, 하고 마스터가 커다란 판을 바닥에 내려놨다.

"라이엇 실드다."

"그럴 거라 생각했어어어어!"

방패냐! 서바이벌에서도 장비가 방패냐고!

"어떻게 싸우라고! 그보다 무겁잖아!"

"겉보기에는 중후하지만 플라스틱제 레플리카다. 걱정 마라."

마스터가 핫핫핫, 하고 웃었다.

"전원에게 소형 고무 나이프를 지급해주마, 이걸로 터치하
면 OK다."

"젠장, 직접 공격하라는 건가."

탄을 막아내면서 근접해서 나이프 킬?

아무리 그래도 무리잖아!

"다음, 아코는 이거다."

총신이 무척 긴 무기가 나왔다.

"스나이퍼 라이플이네요!"

하긴 그렇겠지!

"이번에 준비한 총 가운데서 가장 긴 사정거리를 자랑하지만, 볼트 액션 방식인 게 단점이지."

"단발이네요. 조심해서 쓸게요."

총을 받은 아코가 가슴에 꼬옥 안았다.

뭐야 얘, 스나이퍼 라이플을 안고 있는 모습이 묘하게 그림이 되는데?

"슈바인은 이거다."

"어디서 본 기억이 나네. 머신건이었던가?"

세가와는 총신이 짧은 총을 받았다.

"전동 서브 머신건이다. 비거리는 짧지만 연사력이 높고, 근거리 제압력은 압도적이지."

"나한테 잘 맞네!"

"저기, 밸런스 나쁘지 않아?!"

방패로 어떻게 싸우라는 거야!

내게 방패, 아코에게 스나이퍼 라이플, 세가와에게 서브 머신건, 세테 씨에게 리볼버와 특수무장, 선생님은 전동 오토매틱 핸드건, 미즈키에게는 권총과 대형 고무 나이프, 후타바에게는 샷건, 그리고 마스터에게는 전동 어설트 라이플이 지급되었다.

다들 싸울 맛 나는 장비라 부럽네!

"그럼 제1회전! 우선은 연습 겸 팀전으로 가자!"

"팀 데스매치네요!"

아코가 쓸데없이 좋은 발음으로 말했다.

제비를 뽑아서 정해진 팀 배치는 이렇다.

"스나이퍼에요! 잘 부탁드립니다!"

"핫핫핫, 큰 배에 탔다고 생각하도록!"

"……안 져요."

"오우……."

뭐야, 이 불안한 팀.

나, 아코, 마스터, 후타바 팀 VS 세가와, 아키야마, 선생님, 미즈키 팀이라는 구성이다.

"이쪽의 불안감과 저쪽의 안정감이 너무 차이 나는데……."

"전장에서는 때로 의외성이 승패를 정하는 법이다."

그런 건가…….

"이쪽이 레드 팀, 저쪽이 블루 팀이다. 지급한 지도를 보고 깃발 위치를 확인해다오. 깃발을 빼앗기거나, 전원이 전투 불능이 된 팀이 패배다."

지도를 보자 레드와 블루는 마침 정반대 위치에 배치되어 있었다.

이 필드, 의외로 넓네.

"그럼 이동 개시! 전투 개시는 5분 뒤다!"

"그럼 나중에 봐~."

"구르거나, 가지에 베이거나 해서 다치지 않도록 하렴."

"오빠도 미캉도 적이구나……."

블루 깃발 쪽으로 떠나는 적 팀을 배웅했다.

나도 저쪽 팀이 좋았는데…….

"저기, 작전은 어쩌죠?"

정비된 산길을 이동하면서 작전 회의를 했다.

"저쪽의 전력 중에서는 전동 서브 머신건과 전동 핸드건이 성가시군. 유감이지만 근거리전에서는 불리할 거다."

"어? 근거리전이라면 이쪽도 후타바의 샷건이 있잖아."

서브 머신건은 무섭지만, 한 방에 면적 단위 제압이라면 샷건이 이기지 않아?

그렇게 생각했는데…….

"핫핫핫, 이 샷건은 어디까지나 토이 굿즈다. 산탄 같은 건 못 쏘지."

"단발, 이에요."

"핸드건보다 쓰기 힘들잖아!"

철컥철컥하면서 한 발밖에 못 쏘는 거냐!

"하지만 미캉은 이 중후한 무장에 만족하고 있는 모양이다만."

"이런 걸로, 이기고 싶어요."

"너는 변함이 없네!"

후타바가 만족한다면 상관없지만!

"그럼 이쪽은 스나이퍼 라이플과 어설트 라이플이 주력인가. 이러면 원거리전이겠네."

"음. 라이엇 실드로 운 나쁘게 맞는 걸 방어하면서, 중거리에서 승부를 내는 게 이상적이겠지."

내가 선두에서 적의 공격을 막고, 저쪽에서 나오는 녀석을 원거리전으로 쓰러뜨린다, 이건가.

"……분명 슈 쪽 팀도 그렇게 생각하고 있을 거예요."

아코가 그렇게 말하며 라이플을 다시 짊어졌다.

"루시안은 언제나 샤우트로 어그로 끌고 있으니까, 분명 모두의 시선이 모일 거예요. 슈 쪽 팀도 루시안을 의식해서 작전을 세울 거고요."

"이건 게임이…… 아니, 게임인가."

서바이벌 게임이니까.

"그럼 어쩔 건데?"

"어차피 시선이 모인다면…… 미끼로 쓰지 않을래요?"

아코가 왠지 스나이퍼다운 어두운 미소를 지으며 말했다.

부부부, 하고 휴대전화가 떨렸다.

화면에 마스터의 시합 개시 메시지가 표시되었다.

좋아, 전투 개시군.

"……자, 그럼."

내가 있는 곳은 이쪽— 레드 팀 측 본진에서 꽤나 떨어진, 최전선 중 한 곳이다.

시야 끝에 라이엇 실드가 보이지만, 확실히 이건 눈에 띈다.

꽤 멀리 있더라도 알기 쉬울 거다.

—그렇게 생각하고 있는데, 사삭사삭 풀을 헤치는 소리가 이쪽을 향해 다가왔다.

"찾았어!"

오, 세가와인가.

전동 건의 모터음과 동시에 발사음이 들렸다.

퉁퉁 연속으로 BB탄이 튕기며 바닥에 흩뿌려졌다.

"이 틈이다냥!"

오, 선생님이 이쪽으로 이동해 왔군.

예상대로 세가와는 견제, 선생님이 돌아 들어오는 모양이다.

돌격 타입의 세가와를 미끼로 쓰고, 냉정한 선생님이 다가와서 십자포화인가.

"자, 어쩔 거야?"

딱히 필요도 없어졌기에 쓰고 있던 쌍안경을 넣었다.

"슈를 노리겠어요."

옆에서 작은 목소리가 들렸다.

"오케이. 타이밍은 아코가 좋을 대로 해줘."

"……네."

내 옆에 엎드린 아코가 조용히 총구를 움직였다.

그렇다. 나는 방패를 들지 않고 아코 옆에서 정찰을 맡고 있었다. 라이엇 실드는 미끼로 나무 사이에 놔두고 있을 뿐이다.

눈에 띄는 방패를 경계한 세가와는 이쪽에 무방비하게 몸을 드러내고 있었다.

"갑니다."

아코의 말과 동시에 탕 하고 조용한 소리가 울렸다.

앞을 바라보니, 하얀 탄환이 세가와 옆을 통과했다.

아쉽군. 빗나갔다.

"어깨 옆, 오른쪽 50센티미터 정도인가."

"흐음, 머리 한가운데를 노렸는데요."

"그야 게임이 아니니까 똑바로 날아가진 않지."

가뜩이나 가벼운 BB탄이고, 쓰고 있는 총도 대단한 파워는 없으니까.

"그런가요. 탄이 아래로 떨어지는 거네요."

"맞아맞아."

"총의 특징도 있을 거고, 바람의 영향도 강하고, 지구의 자전으로 코리올리 힘도 작용해서…… 이러니까 현실은 불편하다니까요."

불만스럽게 총을 조작한 아코가 재빨리 다음 탄을 장전했다.

"총을 들고 그런 진지한 소리 하지 말라고……."

평범하게 무섭거든? 어디서 나온 지식이야.

"바람은 거의 불지 않으니까 총이 오른쪽으로 틀어진 것 같은데, 스코프 조정할래?"

"아뇨, 스스로 맞출게요."

아코가 다시 총구를 틀었다.

"세가와, 너무 앞으로 나갔다냐! 견제만으로 충분하다냐!"

"괜찮아! 저런 탱커, 나 혼자만으로도 해치울 수 있어!"

오, 세가와가 한층 앞으로 나왔다.

도탄(跳彈)을 노리고 있는 것 같네. 빠르게 흩뿌리듯이 연사하면서 짐승길을 전진하고 있다.

"갑니다."

아코가 그렇게 말하고, 세가와가 나무 그늘에서 나온 그 순간―

"이렇게 되면 다가가서 직접 쏴버리겠히악?!"

"오, 나이스 샷."

세가와의 이마에 BB탄이 직격했다.

은근히 아파 보인다.

"우후후후후, 뷰~티풀~."

"오랜만에 듣네, 그거."

아코가 훌륭하게 헤드샷에 성공했다.

현실에서도 저격은 잘 하는 건가…… 이상하게 집중력만큼은 있단 말이지.

"우우, 히트……. 저격을 당하다니…… 아코는 틀림없이 맵 구석에서 가만히 캠핑하고 있을 줄 알았는데……."

"세가와?! 조심하라냐. 저 방패는 미끼다냐!"

음, 역시 선생님. 대응이 빠르다.

"들켰나."

"퇴각할까요?"

"그러자."

성가신 서브 머신건 소유자를 해치웠다. 성과는 좋다.

나는 라이엇 실드에 붙여둔 로프를 당겨서 질질 끌고와 내 손으로 회수했다.

"방패가 움직였어! 오빠가 있구나!"

이렇게 했으니 당연히 들키겠지!

"도망치자!"

"네!"

방패를 뒤로 돌려서 아코를 숨긴 후, 그대로 당장 그 자리를 떠났다.

적 쪽에서 탕탕 탄이 날아왔지만 한 방향에서 쏠 뿐이라면 무적이라고.

"오빠! 기다려~!"

미즈키의 목소리군. 그 녀석이 선두로 쫓아오는 것 같다.

"예정대로 쫓아오고 있네요."

"절대 넘어지면 안 돼. 넘어지면 끝장이야."

"넘어질 때는 함께예요!"

"그만둬."

방패에 탄이 틱틱 맞아서 무섭군, 무서워.

넘어지지 않도록 슬금슬금 물러난 그때—.

"앗!"

열심히 쏘고 있던 미즈키의 총이 틱 하고 가벼운 소리를 냈다. 오, 탄이 떨어졌나?

한 손에 대형 나이프를 든 미즈키는 바로 재장전하지 못할 것이다.

위치도 타이밍도 딱 좋다!

"지금이야!"

"……네."

슬그머니 나무 그늘에서 작은 그림자가 뛰쳐나왔다.

"미캉?!"

"……각오."

샷건을 들고 달려간 후타바가 미츠키에게 육박했다.

지근거리에서 총구를 내밀자 미즈키는—.

"으……!"

탄이 떨어진 총에 순간 눈을 돌린 뒤, 바로 왼손에 든 나이프를 꽉 쥐었다.

퍽 하고 탄이 맞는 소리와, 촤악 하고 나이프 맞는 소리가 동시에 들렸다.

"아, 어어…… 이거, 어떻게 된 거지?"

"무승부."

"에엑! 두 사람 다 탈락했어?!"

"탄이 떨어진 걸 노렸는데……."

"지근거리에서는 나이프가 더 빠르다고 굉장한 사람이 그랬어."

아아…… 그 자세, CQC의…….

"미안, 후타바. 네 희생은 잊지 않겠어."

우리는 그대로 깃발 쪽으로 물러났다. 어떻게든 마스터와 합류해야지.

"니시무라 여동생의 원수다냐~!"

"우왓!"

그때, 미묘하게 사각이 되어 있던 위치에서 선생님이 나왔다!

오토매틱이라 그런지 연사가 빠르다.

"이대로 막을 수 있겠어요?"

"도탄을 노리면 위험할지도."

근처에 장애물이 없는 전망 좋은 곳으로 후퇴해서 도탄을 막았다.

그럼에도 몸 어딘가에 맞을 것 같아서 안심이 되지 않는다.

"도망쳐도 바로 따라잡아 줄 거다냐~!"

선생님이 돌아 들어오기 위해 달리기 시작했다.

하지만 이쪽도 아무 대책 없이 도망치고 있었던 건 아니라고!

"핫핫핫! 이쪽입니다! 사이토 교사!"

마스터의 목소리와 함께, 타타타타타 하는 연사음이 들렸다.

"냐냐냣!"

나와 떨어진 곳에서 몸을 숨기고 어설트 라이플을 쏘는 마스터가 보였다.

정면에 방패를 든 나, 오른쪽에는 어설트 라이플을 쏘는 마스터. 선생님은 잠시 생각한 뒤―.

"수, 숨어야겠다냐."

마스터의 시야에서 숨으려는 듯이 나무 그늘로 달렸다.

훗훗훗, 역시나.

그야 그렇겠지. 연사가 빠른 어설트 라이플은 위험하고, 정면에 있는 나는 위험이 없는 것처럼 보이겠지.

왜냐하면 선생님은 내가 혼자인 것처럼 보일 테니까.

"아코."

"네!"

줄곧 내게 달라붙어서 방패 뒤에 숨어 있던 아코가 선생님에게 총구를 돌렸다.

"앗?! 아코―."

선생님이 깨달은 것과 동시에, 바닥에 한쪽 무릎을 꿇은 무릎쏴 자세를 취한 아코의 총구가 약간 좌상으로 움직였다.

작은 발포음이 울리고―.

"으냣!"

"뷰~티풀~."

"훌륭해."

"우우, 히트다냐."

선생님이 그 자리에서 털썩 쓰러졌다.

"저격병인 아코가 탱커인 니시무라와 계속 함께 있었다니……"

"훗훗훗, 루시안은 미끼로 보였겠죠!"

라이플을 짊어진 아코가 씨익 웃었다.

"처음 방패는 완전한 미끼. 다음 복병도 루시안이 미끼. 하지만 이 순간은 나 스스로가 미끼였고, 진짜는 그들이었던 것이다! 우리 레드 팀, 완벽한 작전 승리로군!"

"왜 벌써 이긴 것처럼 뽐내는데, 마스터."

"그래요. 사망 플래그라고요."

"문제없다. 남은 세 테의 총은 단발 리볼버. 특수무장도 혼자서는 활용할 수 없을 거다."

마스터는 자신만만했다.

확실히 3대 1이라면 지지 않을 거라 생각하지만—.

"그렇게, 보이는 척 하고—!"

우, 우왓?! 뭐야, 총격?!

투타타타타 하는 가벼운 소리에 무심코 방패를 들자, 그곳에 BB탄이 탕탕 날아왔다.

"무슨 일이냐!"

"꺄앗!"

"우오오오오오오옷!"

앗!

방패 바깥에 있던 마스터가 BB탄 연사를 맞고 쓰러졌다.

"그 총은 슈바인의 서브 머신건…… 회수했었나……."

"남의 무기를 쓰면 안 된다는 룰은 없었으니까!"

설마 아군의 유품을 쓰다니, 꽤 하는데? 아키야마.

"이 타이밍을 노리고 숨어 있었나……."

"아, 아냐. 산이 익숙하지 않아서 그냥 헤매고 있었는데?"

"에잇, 도시 소녀 같으니!"

감탄해서 손해 봤어!

"자, 이걸로 2대 1이야!"

"큭, 아코. 일단 물러나서 태세를……."

"그보다도 마스터의 어설트를—"

"어느 쪽도 안 돼!"

아키야마가 서브 머신건을 쏘면서 달려왔다.

하지만 바로 푸쉭푸쉭 공기 빠지는 소리가 났다.

"탄이 떨어졌어! 아코!"

"네!"

좋아, 이걸로 이겼어!

"맞지 않는다면 대단할 것도 없어~!"

아니, 에에에에에엑?!

아키야마가 페인트를 섞어가며 엄청난 속도로 달려오고 있잖아!

이런 움직임, 평소에 뭐에 쓰는 건데?! 어디서 익혔어?!

"우우우, 조준이······!"

아코가 조준에 시간을 들이던 짧은 시간 사이, 적은 바로 앞까지 다가왔다.

"잡았다!"

"윽!"

"아코!"

아키야마가 겨눈 리볼버의 사선에 방패를 들고 끼어들었다. 동시에 아코도 방아쇠를 당겼지만, 약간의 공기음만 들렸다.

"이 기다란 총 방해야!"

"꺄앗! 치사해요!"

우왓, 총신을 잡아서 방향을 돌려 버렸어!

하지만 아키야마의 리볼버는 단발이다. 벌써 한 발 쐈으니까 공이치기를 당겨야 한다.

그 시간에 나나 아코가 고무 나이프를 맞출 수 있을 것이다.

하지만 섣불리 나이프를 쓰려고 하면 그게 빈틈이 될 것 같고······.

"······."

"······."

"…………."

세 명이 밀착한 상태에서 기묘한 정적이 흘렀다.

다음에 움직인 녀석이 진다. 그런 긴장감 속에서—.

"저기, 전부터 말하고 싶었던 게 있는데……."

아키야마가 말했다.

"어? 말하고 싶은 거?"

"이 타이밍에 말인가요?!"

"응. 있잖아, 모두 편하게 말하던 거지만, 나는 좀 더 말해야 할 타이밍이 있지 않을까~ 해서 참고 있었던 말이 있어."

"저기, 무슨 이야긴지 잘 모르겠는데요."

내 품속에서 아키야마를 올려다본 아코가 말했다.

아키야마는 안기듯이 밀착한 나와 아코에게 만면의 미소를 보내며 외쳤다.

"아코도, 니시무라도!"

그리고 허리에 단 둥근 파인애플형의 무언가를 들고는, 핀을 확 잡아당겼다.

어, 잠깐, 그건 설마!

"리얼충, 폭발해랏~!"

"수류탄이다~!"

"콤보라[#4]예요~!"

#4 콤보라 게임 『배틀필드 2』에 등장하는 세력인 중동연합(MEC) 병사의 수류탄 투척 대사에서 나온 용어.

머리 위로 날아온 수류탄에서 대량의 BB탄이 터져 나왔다. 도저히 방패로 막을 수 있는 양이 아니었다.

"무승부인가…… 이길 수 있을 줄 알았건만……."

"면목 없어."

"우우, 옷 속까지 탄으로 가득해요."

제1회전은 유감스럽게도 무승부로 끝났다.

마지막의 마지막에 미아가 되었던 아키야마가 멋진 장면을 다 가져가 버렸기에 솔직히 분하다.

"제자가 트리플 킬인데, 선생님은 제로 킬이다냐……."

"나의 스콜피온이 마스터를 쓰러뜨렸으니까, 내가 원 킬한 거나 다름없네."

그 논리는 이상해.

"헤매서 작전을 엉망으로 만든 데다, 마지막에는 자폭했으니까…… 나로서는 엄청 저질렀다는 기분이 드는데……."

"결과가 좋으면 된 거지."

뭐, 세테 씨답지 않게 억지로 밀어붙이기는 했지만.

"접근하기 전에 맞췄다면 이겼을 텐데요……."

아코가 분한 듯이 끄으응 하고 말했다.

"제대로 보고 맞춘다면 몰라도, 순간적으로 노려서 탕 쏘는 건 아코답지 않아."

"돌격스나는 무리네."

"캠핑스나니까요."

대민페이므로 그만둬 줬으면 좋겠습니다.

"두 사람 쓰러뜨려서 대활약했으니까 충분하잖아."

"게다가, 아무튼 루시안과 함께 싸울 수 있어서 만족이에요."

"그러게."

나도 방패만 들고 있는 것보다는 훨씬 즐거웠다.

팀전이라면 라이엇 실드로도 용도가 있으니까.

"그럼 점심을 먹고, 오후부터는 마침내 배틀 로얄이다! 살아남는 건 한 사람, 전원이 적이다!"

"Free for all!"

"그러니까 방패로 어떻게 싸우라는 거야!"

††† ††† †††

"지쳤어~."

"몸이 후들후들 떨려요~."

"평소에 운동하지 않아서 그런 거라고."

"온라인 게이머에게 일상 운동 같은 건 존재하지 않는다고요."

너무 논 탓에 마에가사키 역으로 돌아왔을 때는 상당히 늦은 시간이었다.

빨리 돌아오는 게 좋았겠지만, 너무 흥겨워져서 이 시간까지 있었다. 도중에 비가 내리지 않았다면 끝나지 않았을지도 모른다.

"자, 도착."

"감사합니다~."

교차로에 멈춘 차에서 내리자 이미 비는 그쳐 있었다.

이 시기에 날씨가 나쁜 건 어쩔 수 없지.

"으, 에취!"

"아카네. 괜찮아?"

"갈아입었으니까, 괜찮아, 괜찮아."

"비가 내리고 있었는데도 돌아오지 않으니까 그렇죠."

세가와는 마지막까지 필드에 있었으니까.

"니시무라가 찾으러 오지 않았다면 그대로 돌아갔겠네."

"내 방패를 보면 분명히 쏠 거라고 생각했거든."

줄곧 나를 노리고 있었으니까, 이 녀석.

"자, 그럼."

짝 하고 손뼉을 친 마스터에게 시선이 모였다.

"오늘은 이만 해산하지만, 종합우승인 나와 사이토 교사에게는 다음에 상품을 증정하겠다!"

"해냈다냐~!"

"이건 분명 무기의 차이잖아!"

"하하하하하! 장비로 내게 이길 수 있다 생각하지 마라!"

확실히 온라인 게임에서도 장비가 강한 건 선생님하고 마스터 두 사람이지만!

"무기로 따지면 나도 지지 않았을 텐데."

"아카네는 너무 유도를 당해서 그래."

"니시무라 선배가, 언제나 세가와 선배를 끌고 다니고 있었어요."

"완전히 세가와가 내 경호원이었으니까."

세가와를 데리고 다른 적이 있는 곳으로 이동해서 공멸을 노리는 게 내 전법이었다. 그래서 몇 번은 이겼다니까.

"당한 내 총을 줍기도 했고!"

"오빠가 방패 뒤에서 머신건 쏘는 거 진짜 치사해!"

"그거 엄청 즐거웠다고."

눈에 띄니까 결국 져버렸지만.

"저는 오래 살아남긴 했지만, 킬 숫자가 부족했어요."

스나이퍼에게는 흔히 있는 일이지.

"그럼 앨리 캣츠 제2회 오프는 이것으로 종료다. 조심해서 돌아가도록!"

"그건 선생님이 할 말인데…… 다들, 내일 건강하게 학교에서 보자."

"선생님도 고마워요~."

"신바람 내며 학생을 마구 쏴댔던 고양이공주 선생님 수고~."

"그건 말하면 안 된다냐!"

우리는 렌터카를 돌려주러 가는 선생님을 배웅했다.

선생님, 희희낙락하며 학생에게 BB탄을 쏴댔었지…….

"그럼 우리도 돌아갈까?"

"돌아가면 잠깐 FPS라도 해볼래?"

"아, 좋네요!"

"에이, 그런 게임은 잘 모르겠어~."

그렇게 걸어가려고 하던 그때—

"어머, 히데키? 미즈키도 있니?"

역 출구 쪽에서 그런 목소리가 들렸다.

"……엑?"

돌아보니 그곳에는 정장을 입은 조그만 사람이…….

순간 초등학생의 코스프레인 줄 알았지만, 그게 아니다.

"……엄마."

"엄마, 이제 돌아와?"

"그래. 둘이 같이 외출했었니?"

돌아오는 타이밍이 같았는지 엄마가 있었다.

"어, 어머님?!"

"어머, 아코! 어어, 확실히 갖고 왔을 텐데…….."

"……엄마. 아코를 발견한 순간에 대본 찾는 건 그만두자."

역 앞에서 그건 역시 부끄러우니까.

"아코도 같이 있다니…… 히데키, 혹시 데이트?"

"왜 여동생하고 친구들을 데리고 데이트하냐고……."

"어머, 진짜네. 친구들이랑 같이 있구나."

그걸 처음으로 눈치채주시죠.

"안녕하세요."

"안녕하세요~."

세가와와 아키야마가 태평하게 인사했다.

"처음 뵙겠습니다. 고쇼인이라고 합니다. 오늘은 아드님을 빌리게 되어서……."

"어, 어머, 정중하구나."

마스터가 제대로 고개를 숙였다.

하지만 절도 있는 대화를 하는 건 그만둬. 엄마가 대본 꺼내버리니까.

"너희 엄마, 나보다 작네……."

"그래서 위엄 같은 건 없다고 그랬잖아."

"미니 미즈키 같아서 귀엽네."

"귀엽다니, 나이가 몇인데……."

친구에게 가족을 보이는 건 왠지 부끄럽네.

"큭, 타이밍이 안 좋았어……."

"오히려 잘 됐잖아. 아코가 인사하기 전이었다면 대참사였을 거야."

"그건 확실히 그러네."

이미 얼굴을 마주했으니 아코도 침착하고.

"저기, 아코."

"어, 어머님께 제대로 인사를! 이인사이사이사이사이이사."

이사이사하고 있어!

"처음 보는 게 아니니까 진정해. 내숭을 떠는 연기를 하는 거야."

"그래도, 그래도! 모두 같이 있고, 게임을 한 뒤라서, 왠지 겉치레가 잘 안 나온다고요!"

"마음은 알지만 힘내봐!"

마침 그 타이밍에 엄마가 말했다.

"오늘은 모두 모여서 뭘 했니?"

"으음, 뭐라고 말해야 하나…… 좋은 말로 하면 아웃도어 스포츠……?"

"히데키한테 어울리지는 않네."

"좋은 말로 하면이라 그랬잖아."

"이 아이, 자주 이렇게 얼버무린다니까. 아코, 뭘 했니?"

아아아, 아코한테 말을 돌렸어!

"그, 그게, 서바이벌 게임을……."

"서바이벌……? 반합으로 취사라도 했니?"

그건 캠프거든.

"저기, 리얼충을 뷰티풀하는 게임이라……."

"리얼충…… 뷰티풀……?"

아코가 꽤나 위험해지고 있어!

"잘 모르겠지만, 미즈키도 같이 놀고 있었던 거구나."

"무, 물론이죠! 루시안의 여동생이니까요!"

"루시안?"

"아아아아아앗!"

대참사다!

"아니, 그건, 조금 별명 같은 거라……."

"마, 맞아요. 루시안은 루시안을 말하고!"

"응……?"

"아우아우아우……."

"진정해, 진정해, 냉정해져."

"우우우, 루시안!"

궁지에 몰린 아코가 내 팔에 달라붙었다.

아아아, 엄마가 있으니까 그런 건 그만둬!

"후후후, 사이가 좋네."

흐뭇한 표정으로 보지 말아줘!

"아뇨, 그게 저기……."

말하려던 나보다도 먼저—

"무, 물론이죠!"

아코가 힘차게 말했다.

"부부니까요!"

"——."

떠들썩한 역 앞에서, 순간 소리가 멎은 기분이 들었다.

마, 말해버렸어! 마침내 말해버렸어!

"아코?!"

"앗!"

아코가 입을 막았다.

이미 늦었지만!

"저기…… 부부?"

"아, 네. 결혼해서요."

"……그러니."

"잠깐, 아니야. 결혼이라는 건 게임 이야기고!"

"게임이라니, 언제나 히데키가 방에서 하고 있는 거?"

"맞아맞아! 그러니까 현실 이야기가 아니고!"

"아뇨, 아니에요!"

아코는 엄마를 똑바로 바라보며 말했다.

"들켰으니 어쩔 수 없죠! 그래요. 실은 저랑 루시안은 1년 전에 결혼한, 부부예요! 인사가 늦어져서 죄송합니다!"

"……."

엄마가 힐끔 나를 봤다.

"히데키, 네가 지금 몇 살이었더라?"

"어, 열일곱인데……."

"그렇지? 그럼 결혼 같은 건 못하고……."

응응 하고 끄덕인 엄마는 가방에서 작은 수첩을 꺼냈다.

"긴급 특약 제3항의 1…… 그럼 히데키, 미즈키, 돌아갈까."

아아아아앗! 대본에 들어있었어!

게다가 긴급 특약이라니 뭔가 위험해 보여!

"잠깐잠깐! 아니라고!"

"그럼 얘들아, 오늘은 두 사람하고 놀아줘서 고마웠어."

"아, 네~."

"니시무라, 힘내!"

"파이팅."

"나는, 아무것도 할 수 없었다……!"

저질러 버린 표정을 지은 아코와, 체념한 표정의 네 사람의 배웅을 받으며 엄마에게 끌려갔다.

아니라고, 전부 아닌 건 아니지만 아무튼 아니야!

"자, 잠깐 이야기 좀 들어줘!"

모처럼 잘 되어 가고 있었는데! 한 번만 더! 기회를 한 번만 더!

"부부이니 어쩌니 했지만, 그건 진짜로 결혼했다거나 그런 이야기가 아니고, 아코랑 만난 계기는 같이 하던 게임인데, 거기서는 결혼을 하면 보너스를 받는 시스템이 있어서—."

아니라고요! 좀 알아주세요! 라고 호소했지만, 엄마는 곤란한 표정을 지었다.

"엄마는 게임에 대해서 그다지 잘 모르지만……."

그리고 으으음, 하고 고개를 갸웃했다.

"아직 고등학생인데, 부부라든가 결혼이라든가…… 엄마는, 그런 건 좀 이상하다고 생각해."

하긴 그렇겠죠!

††† ††† †††

◆루시안 : 그런 일이 있었습니다.

나는 이런 채팅, 치고 싶지 않았어……!

슬픈 보고를 한 내게 다들 슬픔의 감정 표현으로 답했다.

◆아코 : 우우, 모처럼 인사에 성공했었는데…….

◆슈바인 : 짧은 꿈이었네.

◆애플리코트 : 언젠가는 발각될 일이었다만…….

◆세테 : 어머니, 작아서 귀여웠어.

세테 씨. 그 이야기는 나중에 해줘.

◆루시안 : 게임이라고 설명은 했지만, 역시 잘 모르는 것 같아서…….

◆슈바인 : 뭐, 우리 부모님도 게임에서 결혼했다고 하면 깜짝 놀랄걸.

◆세테 : 작년에 나도 무슨 말인지 몰랐으니까.

일부 온라인 게임을 하지 않으면 이해 불능이긴 하지.

진짜 결혼은 그렇게 가벼운 게 아니니까 놀라는 것도 무리는 아니다.

◆세테 : 뭐, 괜찮을 거야.

세테 씨가 아코 옆으로 이동해서 폴짝폴짝 점프했다.

◆세테 : 조금 농담으로 말해봤을 뿐이에요~ 라고 말하면 되잖아? 다음에 아코가 평범한 모습을 보여주면 문제없을 거야!

그게 무난하겠지.

농담 삼아 부부라고 말하는 아이라고 생각하게 되면 좋지 않지만…… 진짜로 결혼했다고 주장하는 것보다는 나을 테니까.

◆아코 : ……아뇨!

그러나 아코는 자리에서 일어나서 뒤에 불을 표시하며 말했다.

◆아코 : 이런 일이 벌어진 건 거짓말을 했기 때문이에요. 더 이상 어머님을 속일 수는 없어요!

◆루시안 : 거짓말은 전혀 안 했거든!

어디에 거짓말이 있었는데?!

◆아코 : 애초에 어머님이 놀라신 것도 당연하죠. 원래대로 라면 결혼하기 전에 인사를 드렸어야 했는데, 1년 전에 결혼 했던 거니까요.

◆루시안 : 현실에서 결혼한 것도 아니잖아.

◆아코 : 현실과 게임이 뭐가 다르다는 건가요! 다르지 않으니까 어머님도 깜짝 놀라신 거예요!

◆루시안 : 엄마는 온라인 게임을 잘 모르는 타입의 어른이라고!

거기 기준으로 생각하지 마!

◆슈바인 : ……이제 네 어머니 쪽이 더 올바른 게 아닌가 하는 기분이 들어.

◆아코 : 슈는 누구 편인 건가요!

◆슈바인 : 나는 내 편이야.

세가와는 흔들리지 않았다.

◆애플리코트 : 그럼 아코는 어쩌고 싶은 거냐?

◆아코 : 역시 어머님께는 진실을 알려드려야 해요! 저와 루시안은 부부라는 걸 납득시켜드려야 해요!

◆루시안 : 아아, 역시 그렇게 되는 건가…….

◆슈바인 : 머지않아 한계가 올 거라고 생각했었어.

◆애플리코트 : 예상보다는 빨랐군…….

사실 그날도 진짜 아코를 보여줬다고 생각하는데…….

◆세테 : 그럼 구체적으로 어쩔 건데?

◆아코 : 그게 생각이 떠오르지 않네요.

아코가 철퍼덕 그 자리에 주저앉았다.

온라인 게임을 하나도 모르는 엄마에게 온라인 게임 안의 결혼에 대해 이해하도록 만들라니…… 이거, 간단히 달성할 수는 없을 것 같은데…….

◆루시안 : 어떻게 할까.

◆아코 : 어떻게 할까요.

◆세테 : 자자, 딱히 서둘러서 해야 할 문제는 아니잖아.

세테 씨가 수습하며 말했다.

◆세테 : 너무 침울해하지 말고, 즐겁게 하자! 저기, 지금은 재미있는 이벤트 같은 거 없어?

◆애플리코트 : 이벤트다운 이벤트는 아무것도 없군…….

◆슈바인 : 오프 모임도 오늘 했으니까.

즐겁게 할 수 있는 이벤트라…….

—아, 하나 있다.

◆루시안 : 이제 곧 나와 아코의 결혼기념일이야.

◆세테 : 즐거워 보이는 이벤트잖아!

◆애플리코트 : 흠, 확실히 이 시기였었군.

◆슈바인 : 오프 모임 조금 전이었으니까.

◆세테 : 그럼 모두 함께 즐겁게 축하를 하고, 기운 차리면 해결책을 생각하자!

세테 씨가 어때! 라며 주먹을 들었다.

모처럼 격려해준다고 하니, 그런 것도 좋겠네.

◆루시안 : 아코는 둘이서 보내자고 했었지만, 모두 함께 축하할까?

◆아코 : ……저랑 루시안의 결혼기념일…….

◆아코 : 헉!

아코의 머리 위에 삐콩! 하고 전구가 켜졌다.

어? 뭘 생각한 건데?

◆아코 : 세테 씨의 말이 맞아요! 결혼기념일, 성대하게 축

하하죠!

오오, 아코가 내키는 마음이다.

아코는 양손을 크게 펼치고 붕붕 흔들었다.

◆아코 : 넓은 회장을 준비해서, 여러 사람을 부르고, 흥겨운 이벤트도 해서, 커다란 파티를 해요!

◆슈바인 : 어? 다른 길드 사람도 부르자고?

◆애플리코트 : 그렇게 대규모로 하는 건가.

◆아코 : 네! 가능한 한 근사한 결혼기념일로 하고 싶어요!

◆루시안 : 어, 어째서 또?

축하하고 싶은 마음은 알겠지만, 그렇게까지 호들갑스럽게 할 필요가 있나?

그렇게 채팅을 치려던 나보다 먼저 아코가 말했다.

◆아코 : 그리고, 결혼기념일에, 어머님을 초대하는 거예요!

―뭐?

엄마를, 초대?

◆슈바인 : ……왜 초대하는데?

◆아코 : 최고로 근사한 결혼기념일을 보여드려서, 이렇게나 오붓한 부부구나~ 라는 걸 보여드려서, 결혼을 인정받고, 해피 엔딩이에요!

◆슈바인 : 너의 이론은 구멍이 숭숭 뚫렸는데?

◆아코 : 어째서인가요!

아코가 테이블을 탁탁 두들겼다.

◆아코 : 이건 자신 있어요! 분명 성공할 거예요!

◆애플리코트 : 으으음, 그걸로 이해를 받을 수 있으리라 보이진 않는다만.

◆세테 : 어떨까⋯⋯.

다들 미묘한 리액션이다.

하지만 나는—.

◆루시안 : 나는 괜찮아 보이는데?

◆아코 : 루시안!

◆슈바인 : 에에에엑?!

◆세테 : 거짓마알!

아코가 하트 감정 표현을 내고, 슈와 세테 씨가 엄청 놀랐다.

◆루시안 : 왜 그렇게 놀라는데?

◆슈바인 : 그치만 결혼 이야기는, 가장 하고 싶지 않은 거 아니었어?

◆루시안 : 게임에서 결혼한 건 사실이니까.

그것만큼은 절대 거짓말이 아니다.

게임 안에서 끝난다면 모를까, 이렇게 아코와 함께 있는 이상, 엄마에게도 사실을 전해줘야 한다고 생각한다.

다른 모두는 어떨까, 하고 바라보자—.

◆슈바인 : 으음, 루시안이 오케이라면, 얼버무리지 말고 정면돌파하는 게 내 주의이긴 해.

◆애플리코트 : 온라인 게임 안에서 승부하겠다고 한다면 내게도 이의는 없다.

◆세테 : 그러게. 가족에게 거짓말은 하고 싶지 않을 테니까.

오오, 다들 승낙해주었다.

◆루시안 : 다들 고마워.

◆슈바인 : 수치스러운 건 내가 아니라 니시무라고.

◆세테 : 자기 온라인 게임 결혼기념일에 현실 어머니를 부르는 거니까ㅋ

◆루시안 : 알고 있다고! 빌어먹을!

우리 가족 일인데 내가 수치를 당하지 않을 수는 없잖아!

그런고로—.

◆애플리코트 : 루시안과 아코의 결혼기념일, 앨리 캣츠에서 프로듀스하마!

◆슈바인 : 그리고, 온라인 게임 결혼이 멋지다는 걸 보여줘서.

◆세테 : 온라인 게임에서 결혼하는 것도 괜찮다는 걸 알려주자!

◆아코 : 다들 찬성해줘서 기뻐요!

이런 영문 모를 일로 전원의 의지가 모인 건 꽤 드문 일일지도……

하지만 모두가 힘을 빌려 준다면 분명 잘 될 거다.

좋아, 해보자!

◆슈바인 : 장소는 어쩔 거야?

◆아코 : 고양이공주 씨의 성을 쓰지 않을래요?

◆루시안 : 유저 이벤트에 대여해준다고 했었으니까.

◆애플리코트 : 선약이 없다면 문제없겠지.

본래 오너가 길드에 있으니까, 괜찮을 거다.

◆세테 : 파티를 한다면 장식 같은 것도 붙여야겠네.

◆루시안 : 사람도 모아야지…….

첫 번째 결혼식은 친한 사람들뿐이었지만, 두 번째는 나름대로 사람이 모였다.

그 정도로 와준다면 화려하게 보일 거다.

◆애플리코트 : 이벤트도 없고, 모두 한가한 시기다. 개최하는 시간만 고려하면 문제없겠지.

◆슈바인 : 상품을 걸어서 일대일 대회라도 개최하면 어때?

◆애플리코트 : 바츠가 희희낙락 쳐들어올 것 같군…….

사람 모으기도 어찌어찌 될 것 같다.

남은 문제는一.

◆루시안 : ……애초에 결혼기념일을 어떻게 축하해야 하지?

◆세테 : 결혼식이라면 몰라도, 기념일이니까.

보통은 어떻게 하더라?

둘이서 보내는 이미지밖에 떠오르지 않는데…….

◆아코 : 저, 잠깐 생각난 게 있는데요.

오, 아코에게 아이디어가 있나 보다.

◆세테 : 뭔데, 뭔데?

◆아코 : 결혼식 영상을 틀고 싶어서요.

오오, 그렇군. 그건 좋은 의견이다.

◆루시안 : 오오, 결혼기념일 같네.

◆아코 : 꼭 어머님께도 결혼식 모습을 보여드리고 싶고요!

◆루시안 : 그건 부끄러운데.

그래도 메인 이벤트가 될 법한 게 달리 생각이 안 나니까. 목적을 생각하면 가장 좋을 것 같기도 하다.

◆아코 : 그래서 말이죠, 그걸 위해, 꼭 가고 싶은 곳이 있어요.

◆슈바인 : 오케이, 어울려 줄게.

◆세테 : 어디로 가는데?

◆애플리코트 : 그 어떤 위험한 곳이라 해도, 내가 쓸어버려 주마.

그렇게 말하는 세 사람에게, 아코가 진지한 표정으로 말했다.

◆아코 : 우선 모두, 벗어 주세요.

††† ††† †††

◆차가운 눈의 어부 : ……그 섬으로 가고 싶다고?

◆차가운 눈의 어부 : 그 섬은 바깥 것들을 들이지 않는 특

별한 섬이야. 댁들의 장비, 방어구, 액세서리, 아이템…… 전부 두고 몸뚱이 하나로 들어가게 될 거다.

◆차가운 눈의 어부 : 산 자는 결코 환영받지 못하는 섬이지. 그런데도 갈 거냐?

예/아니요, 라는 선택지가 나타났다.

◆슈바인 : 이거, 예, 라고 해야만 하는 거야?

◆애플리코트 : 으으음…… 내 장비를 갖고 갈 수 없다는 건가…….

◆아코 : 그런 맵이니까요!

◆세테 : 나는 장비가 별로 없으니까 딱히 상관없지만.

◆슈바인 : 너도 레벨 100에 가까우니까, 제대로 모아두라고.

◆루시안 : 가장 장비 의존도가 높은 건 나라고 생각하는데.

지금부터 가려는 곳은, 맵 이름이 『영락(零落)의 섬』이라고 한다.

플레이어 사이의 통칭은— 서바이벌 맵이다.

◆아코 : 자, 여러분. 들어 주세요!

NPC가 탄 조각배 앞에서 아코가 말했다.

◆아코 : 저희 앨리 캣츠 탐험대는, 지금부터 위험한 섬 탐험을 시작합니다!

◆아코 : 섣부른 행동은 죽음에 직결됩니다! 제 지시를 따라주세요!

◆슈바인 : 갑자기 왜 그래? 아코.

◆아코 : 저는 아코 대장이에요.

◆애플리코트 : 대장……?

◆아코 : 제가 대장이에요.

◆세테 : ……독단으로 대장이 되었네.

◆슈바인 : 게다가 내가 촌장이라는 듯한 말투네.

의욕이 넘쳐나는 아코를 보자 왠지 그리운 기분이 들었다.

이런 방향으로 내달리는 아코를 보는 건 오랜만이니까.

◆슈바인 : 흐뭇한 표정 짓지 말고 막으라고.

왜 내 표정을 아는 건데. 초능력자냐.

◆아코 : 그럼 섬 설명을 할게요! 들어 주세요~!

아코 대장이 이야기를 시작했다.

◆아코 : 지금부터 향하는 섬은 장비도 아이템도 돈도 아무것도 가져갈 수 없는 특수한 맵입니다!

◆애플리코트 : 이미 알몸 상태다. 잘 알고 있지.

전원이 아이템을 놔두고 와서 외모가 수영복처럼 되었다.

◆아코 : 또한, 섬에서 입수한 아이템은 살아서 탈출하지 않는 한 갖고 나올 수 없어요!

◆루시안 : 죽으면 전부 떨구는 건가.

◆슈바인 : 애초에 아무것도 갖고 들어오지 않으니까 그다지 손해도 아니지만.

◆세테 : 잃어버리는 게 없는 대신, 얻는 것도 어렵구나.

평범한 아이템 찾기와는 전혀 다르네.

평소에는 드롭만 되면 주운 시점에서 클리어니까.

◆아코 : 그리고 저희의 목적, 맵 안쪽에 있는 유적에서 고대의 마도 영사기를 입수하는 것이에요!

아코가 주먹을 꽉 쥐었다.

그렇다. 목적은 고대의 마도 영사기라는 아이템이다.

◆세테 : 아코 대장, 질문입니다~.

◆아코 : 뭔가요? 세테 대원!

이 두 사람, 한껏 들떠 있네.

◆세테 : 그 영사기라는 게 뭐야? 영혼이라도 쓰러뜨려?

◆루시안 : 그건 사영기(射影機)겠지.

여기는 속성 무기가 있다면 유령도 물리적으로 쓰러뜨릴 수 있는 세계니까

◆아코 : 고대의 마도 영사기는, 과거에 기록한 영상을 게임 안에서 비춰주는 아이템이에요.

◆세테 : 오, 굉장하네.

효과로서는 재미있는 아이템이지.

◆애플리코트 : 쓰려는 사람은 적긴 하다만.

◆슈바인 : 녹화 같은 건 평범하게 컴퓨터로 재생하면 되니까.

바로 그거다. 클라이언트 폴더에 동영상이 있으니까, 자기가 가진 재생 소프트로 보면 된다.

그래서 꼭 게임 안에서 모두 함께 영상을 보려고 할 때만 쓰는 아이템이다.

◆애플리코트 : 사용하는 타이밍은, 결혼식, 은퇴식, 공성전에서 승리했을 때 등이지.

◆아코 : 저희는 어머님께 결혼식 영상을 보여드리기 위해 쓰겠어요!

세테 씨가 흠흠 하고 고개를 끄덕였다.

◆세테 : 그렇구나. 알겠습니다, 아코 대장!

◆아코 : 다른 질문 있나요?

◆슈바인 : 그럼, 나도 질문.

◆아코 : 네. 슈바인 대원.

슈는 의아한 듯이 고개를 갸웃했다.

◆슈바인 : 필요하면 그냥 사면 되잖아. 왜 일부러 얻으러 가는데?

아~, 그러네. 의문이 들겠지.

하지만 대답은 단순했다.

◆아코 : 그건 고대의 마도 영사기가 마켓에서 60M이나 하기 때문이에요!

◆슈바인 : 비싸! 고급품이야?! 그럼 오히려 가지러 가서 팔아치우자고!

◆아코 : 수요가 없어서 전혀 팔리지 않아요!

◆슈바인 : 잠깐, 이야기가 모순되고 있잖아! 수요가 없다면 왜 비싼 건데!

◆루시안 : 수요도 공급도 적어서 그렇지.

쓰고 싶은 타이밍이 특수해서 수요가 거의 없다.

하지만 마을 이곳저곳에서 영상이 나오면 엄청 민폐니까, 평범하게 플레이해서는 입수하지 못하게 되어 있다.

◆루시안 : 갖고 싶은 사람은 적지만, 가지러 가는 사람도 적어. 갖고 싶으면 비싸게 사든가 직접 가라는 타입의 아이템이야.

◆슈바인 : 쓸데없이 레어인 거네…….

◆세테 : 저요. 마지막으로 질문.

다시 세테 씨가 손을 들었다.

◆아코 : 네. 세테 대원.

◆세테 : 왜 판타지 세계에 그런 오버 테크놀로지 같은 아이템이 있어?

하하하, 그야 간단하지.

◆아코 : 고대 문명이 만들었기 때문이에요.

◆슈바인 : 나쁜 건 대부분 고대 문명 탓이야.

◆루시안 : 강한 보스는 대부분 고대 문명이야.

◆애플리코트 : 네 이놈, 고대 문명!

◆세테 : 고대 문명에 무슨 원한이라도 있어?!

고대 문명은 그런 거니까!

◆아코 : 제국은 악역, 재상은 적이고, 고대 문명은 사악! 정석이죠!

◆세테 : 고대 제국의 재상이 나오면 어떻게 되는데?

◆슈바인 : 3단계 정도로 변신하는 거 아냐?

완전히 대보스잖아!

◆아코 : 그럼 슬슬 가보죠!

◆아코 : 고대의 마도 영사기를 찾아서, 앨리 캣츠 탐험대, 출발!

아코 대장의 지휘 아래, 우리는 영락의 섬으로 여행을 떠났다.

모두 레벨도 높으니까, 간단히 입수할 수 있으리라 생각했다.

설마 이렇게나 성가신 맵이었을 줄이야—.

† † †　† † †　† † †

주변에는 NPC는 물론이거니와 플레이어의 모습조차 없었다.

◆아코 : 출현 지점은 모래사장이고, 가야 하는 곳은 섬 안쪽이니까…….

아코가 캐릭터의 얼굴을 움직여서 화면 안쪽에 우뚝 솟은 커다란 산을 가리켰다.

◆아코 : 여기서 가야할 곳은 산 쪽이겠죠?

◆루시안 : 유적의 위치, 조사하지 않은 거냐?!

◆아코 : 조사해봤는데, 공략 정보가 전혀 없어서…… 위키

에도 아이템이 뭐가 나온다는 것 정도밖에는 실려 있지 않았어요.

이 맵, 대체 얼마나 인기가 없는 거야…….

◆애플리코트 : 중심으로 갈수록 표고가 올라가는 화산섬인 모양이다. 산 정상이 최심부가 되겠지.

◆슈바인 : 아무튼 목적은 산을 돌파하는 거네.

슈바인이 선두에 서서 걸었다.

어라? 위치 정보가 맵에 표시되지 않는데?

◆루시안 : 여기, 맵이 안 나오는 건가?

으음~. 맵이 표시되지 않는 곳은 진정이 안 되네.

제대로 기억해 두지 않으면 여기로 돌아올 수 없잖아.

◆아코 : 어라?

그때, 아코가 물음표 마크를 띄웠다.

◆아코 : 지금 파티창을 보고 있는데, 다들 그렇게 약했었나요?

◆슈바인 : 갑자기 시비를 거는데?

◆아코 : 그게 아니에요오.

◆애플리코트 : 핫핫핫! 장비가 없으니 당연하겠지.

◆슈바인 : 그야 알몸 상태에서는 HP라든가 엄청 내려가긴 하지만.

거기까지 말한 슈가 머리 위에 느낌표 감정 표현을 꺼냈다.

◆슈바인 : 어? 나의 슈바인 님이 이렇게 약했었나? 전 스

탯이 기겁할 정도로 내려갔는데?!

◆루시안 : 나도 위험한데…… 방어력도 내성도 쓰레기처럼 내려갔어.

이걸로는 메인 탱커를 맡을 수 있을 것 같지 않은데…….

◆애플리코트 : 나는 전 스테이터스가 절반 이하다. 이미 다른 존재로군.

◆아코 : 마스터의 본체는 장비였나요……?

◆루시안 : 있을 법해.

◆슈바인 : 그럴 리가 없잖아.

◆세테 : 나는 그렇게 변하지 않았으니까, 모두의 장비가 너무 셌던 거 아냐?

한 손을 휘적휘적 흔든 세테 씨는 확실히 HP 같은 게 그다지 변한 것처럼 보이지 않았다.

◆슈바인 : 그야 너는 무땅이 메인이니까.

◆세테 : 응, 그렇지…….

◆세테 : 그렇긴 하지만, 어라? 무땅이 안 나오는데? 여기서 나 혼자 싸워야 해?

확실히 무땅이 없군. 어디로 사라진 거지?

◆슈바인 : 그 아이, 안 나와?

◆세테 : 키를 눌러도 반응이 없어.

◆슈바인 : 으음, 잡몹은 나한테 걸리면 순삭이니까, 걱정하지 않아도 돼.

◆애플리코트 : 음, 나의 마법으로 쓸어버리면―.

순간, 두 사람의 움직임이 멈췄다.

왜 그러지? 두 사람 다 평범한 몬스터라면 그다지 문제는―.

앗!

◆아코 : 왜 그러시나요?

◆슈바인 : 아아～, 응.

◆애플리코트 : 이건…….

나는 이유를 알겠다. 알아챘어.

왜냐하면 나도 바로 그 이유 탓에 곤란하기 때문이다.

◆슈바인 : 스킬 단축키 아이콘이 검은색으로 변했어.

◆애플리코트 : 눌러도 반응이 없다. 쓸 수 없는 상태군.

◆아코 : 아, 저도 그러네요! 어째서죠?!

그 이유는, 스킬의 설명을 보면 알 수 있습니다.

◆슈바인 : 공격 스킬의 사용조건에, 「검 장비 시」나 「대검 장비 시」 같은 게 적혀 있네…….

◆애플리코트 : 지팡이가 없으면 마법은 쓸 수 없었군…… 처음 알았다…….

◆세테 : 앗～! 그래서 무땅을 부르지 못하는 거야?!

소환 스킬은 채찍 장비 한정이었으니까.

이건 상당히 곤란한데…….

◆애플리코트 : 어딘가에서 장비를 손에 넣으라는 건가.

◆슈바인 : 아무리 그래도 전라로 싸우는 제약은 아니겠지.

그렇게 이야기를 나누며 떠들썩하게 나아갔다.

모래사장 끝에는 울창한 숲이 펼쳐져 있었다.

이 숲을 빠져나가면 산으로 들어갈 수 있겠지만…….

◆아코 : 어라? 뭔가가 있네요.

숲 입구에 뭔가 사람 그림자가…….

◆슈바인 : 플레이어는 아니네. NPC?

◆애플리코트 : 혹시, 여기서 무기를 판매하는 건가?!

◆세테 : 돈이 없으니까, 팔아도 사지 못하는 거 아냐?

◆아코 : 퀘스트 보수로 받을 수 있을지도 몰라요!

잠깐, 저 움직임. 뭔가 이상해.

저건 NPC가 아니고, 플레이어도 아닌 것 같은 느낌인데…….

◆루시안 : 이거, 다가가지 않는 편이…….

◆슈바인 : 제1 섬사람 발견~!

◆루시안 : 아, 잠깐만!

슈가 무방비하게 다가갔다.

다가간 것에 반응했는지, 제1 마을사람이 빙글 이쪽을 돌아봤다.

그 얼굴은 흐물흐물하게 썩었고, 잘 보니 전신 이곳저곳에서 뼈가 드러나 있었다.

◆슈바인 : ……어라?

그로테스크한 모습을 한 제1 마을사람은 다가온 슈를 향해 크게 입을 벌렸다.

◆슈바인 : 으냐아아아아악?!

◆아코 : 슈?!

슈가 물렸다!

◆애플리코트 : 느릿느릿한 움직임, 썩은 몸, 그리고 사람을 먹는 행동! 이건 틀림없이 좀비다!

◆세테 : 그보다 평범하게 아일랜드 좀비라고 이름이 나와 있잖아!

◆슈바인 : 좀비?! 이 섬, 좀비가 있는 거야?!

산 자를 환영하지 않는 섬이라니, 이런 뜻이었나?

처음에는 놀랐지만, 그래도 그냥 몬스터다.

◆루시안 : 뭐, 적 정도는 있겠지.

◆슈바인 : 그, 그러네. 적이네. 그냥 몬스터네.

갑자기 습격을 받아 당황하던 슈도 진정이 됐는지 맨손으로 때리기 시작했다.

찰싹찰싹하는 가벼운 타격음과 덥석덥석 깨무는 소리가 들렸다.

의외로 안 죽네.

◆슈바인 : 잠깐, 이 좀비, 겉으로 보이는 것치고는 센데? 아코 대장, 힐은?

◆아코 : 지팡이가 없으면 못 써요!

◆슈바인 : 이 대장, 도움이 안 되네!

맨손으로 가장 딜이 잘 나오는 건 슈니까.

◆슈바인 : 루시안, 타깃 따줘, 타깃!

아, 내게 이야기가 돌아왔다.

아니, 타깃을 따라고 해도—.

◆루시안 : 나도 방패가 없으니까 샤우트조차도 못 쓰는데?

◆슈바인 : 맨손 공격으로도 쌓을 수 있잖아!

◆루시안 : 에이, 그래도~.

좀비랑 투닥거리는 건 좀 싫은데~.

◆슈바인 : 메인 탱커가 뭐 하는 거야?!

◆루시안 : 그야, 좀비화되면 싫잖아.

◆슈바인 : ……좀비화?

그래, 좀비화.

◆루시안 : 그게, 언데드의 공격을 받으면 일정 확률로 좀비 바이러스에 걸리잖아.

좀비에게 물리면 좀비가 된다는 느낌으로, 언데드의 공격에는 좀비 바이러스 효과가 있다.

걸려도 딱히 마이너스가 없는 상태 이상이지만, 10분 정도 방치하면 갑자기 죽는다.

그리고, 시체에서 좀비가 나온다.

◆슈바인 : 어, 그래도 좀비는 만능약으로 바로 낫잖아.

◆루시안 : 그 만능약이 어디 있는데?

응, 평소라면 성수나 만능약으로 간단히 치료하니까 문제없다.

하지만 여기는 아이템을 갖고 올 수 없다.

◆슈바인 : ……그럼 저기, 아코의 스킬로—.

◆아코 : 지팡이도 촉매도 없어서 무리예요.

그렇다. 힐러의 스킬로도 간단히 낫는다.

하지만 지금의 아코는 힐조차도 못 쓴다.

◆슈바인 : …….

좀비에게 덥석덥석 물리고 있는 슈바인이, 천천히 이쪽을 돌아봤다.

그리고, 슬금, 슬금, 다가왔다.

왜, 왠지 무서운데? 슈.

◆슈바인 : 혹시 나, 이제 낫지 않아?

아아, 왠지 조금 피부가 창백하다 했더니만.

◆루시안 : 벌써 감염됐나…….

◆세테 : 나무~.

◆아코 : 이건 필요한 희생이었어요! 슈바인 대원은 잊지 않을게요!

◆애플리코트 : 좀비와 공멸해서 함께 죽으면 더 늘지 않고 끝난다만.

◆슈바인 : 잠깐! 그냥 두고 보는 건 너무하지 않아?!

그런 말을 해도 구할 방법이 없잖아.

◆슈바인 : 나만 죽는 건 싫어!

◆루시안 : 어? 너 왜 이리로 오는데?!

◆슈바인 : 루시안! 나랑 같이 죽어줘!

뭐야, 그 무서운 발언?!

◆루시안 : 영문 모를 소리 하지 마! 책임지고 좀비와 동반 자살해!

◆슈바인 : 도착 2분 만에 혼자 사망 확정이라니 싫어! 너도 같이 가줘!

◆아코 : 그만둬 주세요! 슈는 츤데레잖아요?! 얀데레는 제 담당 아니었나요!

그런 캐릭터 설정은 아무래도 좋아!

◆루시안 : 그~만~둬~! 말려드는 건 싫다고!

◆아코 : 슈, 혼자 죽어주세요!

◆슈바인 : 이렇게 되면 세테라도 좋으니까 같이 죽어줘!

◆세테 : 이렇게 되면, ~라도 좋으니까, 라는 말을 들으면서 죽는 건 싫어!

좀비 한 마리로 대패닉이 일어났어!

◆루시안 : 에잇, 이렇게 되면 이 좀비를 먼저 쓰러뜨리면 되잖아!

아무리 맨손이라고 해도 이쪽은 레벨 100을 넘은 임페리얼 가드다!

◆루시안 : 좀비 한두 마리쯤, 맨손으로도 잡을 수 있을 거야!

그렇게 생각했는데— 젠장, 이 녀석 단단해!

◆아코 : 저도 도울게요!

◆슈바인 : 이제 좀비는 싫어!

셋이서 찰싹찰싹 맨손 공격을 펼쳤다.

그때, 줄곧 슈바인을 덮치던 좀비가 머리를 빙글 돌렸다.

◆루시안 : 이런, 랜덤 타깃 온다! 아코, 떨어져!

◆아코 : 엑?!

타깃이 아닌 상대를 갑자기 덮치는 랜덤 타깃이 나왔다.

아일랜드 좀비가 그오오오 하고 외치면서 입을 벌렸다.

그 공격이, 도망이 늦은 아코의 팔에 파고들었다.

◆아코 : ……아아, 저도 감염됐네요…….

◆슈바인 : 후후후, 너도 동료네.

◆아코 : ……그런가요. 저도 앞으로 10분이면 죽는 거네요.

그리고서 아코는 내 쪽으로 발을 성큼 내디뎠다.

◆아코 : 루시안! 저랑 함께 죽어주세요!

◆루시안 : 조금 전이랑 말이 다르잖아아아아아아!

◆애플리코트 : 이리 오지 마라, 좀비 군단!

◆아코 : 아직 좀비가 되지 않았어요!

◆슈바인 : 너희도 좀비가 되는 거야!

◆세테 : 이런 섬 싫어!

◆차가운 눈의 어부 : 그대들도 무리였나…… 또 도전하고
싶다면 언제라도 내게 말을 걸게.

고작 10분 만에 전멸해서 항구까지 돌아와 버렸다.

딱히 잃어버린 건 없으니 괜찮긴 하지만……

◆루시안 : 개시 10분 만에 전원 좀비화 END냐!

◆아코 : 그러니까 위험하다고 그랬잖아요!

◆슈바인 : 이거 어쩔 거야. 이제 머리 아파…….

◆아코 : 조금 더 노력해보죠.

어쩔 수 없기에 다시 섬에 상륙―.

좋아, 보이는 범위 안에 좀비는 없군.

◆루시안 : 아무튼 무턱대고 돌진하면 안 되는 건 알았어.

◆애플리코트 : 으음. 좀비 한 마리조차 못 이기는데 안으로 들어갈 생각은 안 든다만.

◆슈바인 : 어딘가에 마을이라도 있으려나?

◆아코 : 있다고 해도 좀비투성이에요.

◆세테 : 그렇겠네.

아직 좀비 한 마리밖에 못 만났는데 완전히 좀비섬 이미지다.

◆루시안 : 아무튼 안전해 보이는 모래사장을 탐험해볼까?

◆아코 : 그래요.

슬금슬금 모래사장을 돌아다녔다.

으음, 적도 없고, 사람도 없고, 아이템도 없네.

◆슈바인 : 전설의 검이 바위에 꽂혀 있거나 그러진 않을까?

◆루시안 : 전설까지는 바라지 않으니까 방패가 표류해 주지 않을까?

◆세테 : 바닥에 떨어진 아이템은 10분 정도면 사라지잖아.

알고 있지만, 그거라도 없으면 유적까지 갈 수 없을 것 같다고.

하지만 아무리 찾아도 표류물 같은 건 유목(流木) 정도였다.

이 맵, 대체 어쩔 거야…….

◆아코 : ……앗!

그때, 아코가 뚜벅뚜벅 유목으로 다가갔다.

그리고 삐콩 하고 기쁨의 감정 표현이 나왔다.

◆아코 : 이 유목, 채집할 수 있어요!

◆슈바인 : 채집?

◆루시안 : 채집할 수 있어?

◆아코 : 네.

채집…… 아아, 채집…… 채집이라…….

어리둥절해하는 우리에게 아코가 약간 동요한 듯이 말했다.

◆아코 : ……어, 저기, 두 사람 다 왜 의아한 듯이 있나요? 채집이거든요?

◆슈바인 : 아, 알고 있어! 뭔가 소재를 얻을 수 있다는 거잖아!

◆루시안 : 그래그래! 채집 스킬을 써서 아이템을 얻을 수 있다는 생각이 잠깐 떠오르지 않았을 뿐이야!

채집이라, 채집. 그런 것도 있었지.

벌채라든가 채굴이라든가 풀 베기라든가 낚시라든가, 맵

에 출현하는 채집 포인트에서 재료 아이템을 입수할 수 있는 스킬이다.

◆슈바인 : 아코가 할당량을 부과해서 올리고 있던 시기도 있었잖아.

◆애플리코트 : 그땐 고생했었지…….

◆아코 : 아직 레벨이 낮은데, 왜 끝났다는 이야기가 된 걸까요.

아코는 「생산 올리자고요~」라는 말을 하면서 유목에 도끼를 휘둘렀다.

따악따악 하는 기분 좋은 소리를 내며 유목이 쪼개졌다.

◆세테 : ……그 도끼로 싸우면 안 돼?

◆아코 : 이 도끼는 채집 스킬을 쓰면 어딘가에서 나타나는 거라서요.

◆세테 : 그렇구나…… 딜이 잘 나올 것 같은데…….

응, 네 마음은 잘 압니다.

◆슈바인 : 껍질 벗기는 나이프로 싸우고 싶다는 건 누구나 한 번쯤 생각한다니까.

◆루시안 : 그게 제일 세지.

아다만타이트를 한 번에 쪼개버리는 피켈 같은 건 전설의 검보다 강할 것 같고.

◆아코 : 어, 입수품은…… 유목의 파편, 나무 덩굴…… 아, 양질의 목재!

아코가 기뻐하며 도끼를 휘둘렀다.

◆아코 : 이 유목으로 나무 장비를 만들 수 있어요!

◆슈바인 : 정말로? 검도?

◆아코 : 네. 방패도 만들 수 있어요.

◆세테 : 채찍은?

◆아코 : 나무 덩굴이라면 일단…… 아, 그래도 지팡이나 채찍 같은 건 마석이 필요하니까, 목재뿐이라면…….

그렇군, 아무튼 유목에서 소재를 모으면 나와 슈는 싸울 수 있다는 거다.

◆슈바인 : 바로 모아 보자.

◆루시안 : 다들 좀비 조심하라고.

◆애플리코트 : 그렇군. 현지에서 소재를 모아 장비를 만들 필요가 있는 건가…… 그야말로 서바이벌 맵이로군…….

◆세테 : 말하고만 있지 말고 어서 모으자.

모두 함께 유목을 퍽퍽 쪼개고 쪼개고 마구 쪼갰다.

아코만큼 채집 성공률은 높지 않지만, 딱 알맞게 소재가 모였다.

◆루시안 : 이걸로 만들 수 있나?

◆아코 : 네. 어, 목재와 나무 덩굴로…….

◆아코 : 우우, 장비가 아무것도 없어서 할 수 있는 공정이 엄청 부족하네…….

◆아코 : 일단 성공률을 우선시해서, 확신, 작요, 정집, 안

솜으로…….

아코가 꾸물꾸물 아이템을 조작했다.

◆슈바인 : 아코가 무슨 소리 하는지 알겠어?

◆애플리코트 : 나도 모르겠다.

나도 전혀.

◆아코 : 우우, 역시 조금 부족하네…… 성손, 한 번만 성공한다면, 한 번만, 부탁해!

◆슈바인 : 뭔가에 도전하는 것 같은데?

◆아코 : 하웃?!

◆루시안 : 야, 쨍그랑이라고 하는데?

◆슈바인 : 쨍그랑이라고 하네.

쨍그랑이라니, 나무 검인데 쨍그랑이라니.

◆아코 : 괜찮아요. 아직 두 번 남았으니까 괜찮을 거예요.

◆애플리코트 : 그건 괜찮은 게 아닌 것 아닌가.

◆아코 : 괜찮아요. 아무리 장비가 없다고 해도 확률적으로 3연속으로 실패하지는 하웃?!

다시 쨍그랑!

◆슈바인 : 아코? 다시 소재 모아 올까?

◆아코 : 아뇨, 포기했어요. 그냥 이걸로 완성시킬게요.

이제 뭐가 뭔지…….

◆아코 : 그런고로 다 됐어요! 우드 소드에요.

아코가 짜잔 하고 수수한 목도를 들었다.

◆슈바인 : 고마워. 쨍그랑 목도라고 이름 붙일게.

◆아코 : 괜찮다니까요.

쨍그랑 목도를 붕붕 휘두른 슈바인이 좋아하며 말했다.

◆슈바인 : 아아, 무기가 있는 것만으로도 이렇게 안심될 줄은 몰랐어.

◆아코 : 나머지는 루시안의 검과 방패네요.

◆루시안 : 땡큐.

◆아코 : 소재가 더 없으니까 두 사람 몫밖에 만들지 못하겠네요.

꽤 시간을 들여서 모았는데 말이지.

◆슈바인 : 스킬은 쓸 수 있게 됐으니, 이 검으로 클리어할 수밖에 없어.

◆루시안 : 이런 초창기 무기로 괜찮겠어?

◆슈바인 : 괜찮지 않을지도 모르고 문제투성이야.

◆애플리코트 : 이 섬에서 가장 좋은 걸로 부탁하마.

◆아코 : 어리광부리지 말아주세요!

아코 대장에게 혼났다.

◆아코 : 그럼 탐험 리스타트에요!

오~!

이번에는 기습을 당하지 않도록 신중하게 안으로 나아갔다.

아까 좀비가 나왔던 곳을 통과했지만 아무것도 나오지 않았다.

원래부터 적의 숫자가 적은 설정인가?

◆아코 : 적이 나오지 않네요.

◆루시안 : 뭐, 운에 달린 거겠지.

◆슈바인 : 시험 베기도 아직 해보지 않았지만.

안 나온다면 그것도 나쁘지 않다고. 장비까지 갖췄는데도 좀비가 되면 울 것 같으니까.

◆아코 : 아, 저기 바위 같은 것도 채집할 수 있네요.

◆슈바인 : 나중에 하고 일단 앞으로 가보자.

◆아코 : 네~.

모래사장에서 숲으로 들어가 더욱 안으로 나아갔다.

그러자 숲 한쪽에 절벽과 그곳에 뚫린 큰 구멍이 보였다.

◆루시안 : 이거 동굴인가?

◆아코 : 그런 것 같네요.

필드 던전인가…… 왜 이런 곳에?

◆슈바인 : 목적은 고대 유적이잖아? 분명 여기는 아냐.

◆루시안 : 확실히 유적은 아닌 것 같지만…….

◆슈바인 : 그럼 우리하고는 상관없으니까 당장 가자.

에이, 나는 이런 게 신경 쓰이는데…….

앞서 나아가는 슈바인을 따라 우리도 숲 안으로 향했다.

◆아코 : 아, 이 꽃밭도 채집할 수 있네요. 목화에요.

◆애플리코트 : 호오, 목화라……. 장비에 쓸 수 있나?

◆아코 : 천옷이라든가, 로브의 재료가 돼요.

◆세테 : 자자, 샛길로 빠지지 말자.

한동안 나아가자, 숲의 나무가 줄고 본격적인 산길로 들어섰다.

이 앞에 유적이 있는 건가, 라고 생각한 그때―.

눈앞에 슬그머니 몬스터가 나타났다.

◆아코 : 개네요.

◆세테 : 개네.

◆슈바인 : 하지만 썩었어…….

반쯤 썩은 얼굴에서 혀를 주르륵 내민, 좀비 도그가 우리를 노려보고 있었다.

◆애플리코트 : 마운틴 좀비 도그. 불사 속성 레벨 30이다. 화(火) 속성으로 공격하고 싶다만.

◆슈바인 : 우드 소드 두 명에게 뭘 요구하는 거야.

슈가 검을 들었다.

싸, 싸울 생각인 건가. 이 녀석, 그렇게 약했었나?

◆루시안 : 산(山)좀비견이잖아? 꽤 강하다고.

◆애플리코트 : 적정 레벨 75 정도였던가.

◆슈바인 : 쓰러뜨리지 못할 건 아니잖아.

장비가 없더라도 아슬아슬하게 어떻게 될지도 모르는 수준의 적이다.

완전히 운영진의 의도대로 배치되었다는 느낌이 드는데…….

◆루시안 : 에잇, 알았어! 갈 수밖에 없으니까! 으랍!

방패를 들고 샤우트를 넣자, 좀비 도그가 내 쪽으로 달려왔다.

우와, 그로테스크, 그로테스크.

◆루시안 : 방패로 막고 있는 동안에는 바이러스에 걸리지 않으니까, 어떻게 좀 해줘.

◆슈바인 : 오케이, 당장 쓰러뜨려 주겠어!

슈가 좀비 도그 뒤에서 스윽 허리를 내렸다.

램페이지 소드의 자세다. 처음부터 큰 기술로 갈 생각인 모양이다.

◆슈바인 : 하압!

부웅 하고 목도를 휘둘렀다.

그리고 검이, 빠직 하는 묘한 소리를 냈다.

◆슈바인 : ……엥?

슈가 의아한 듯이 말했다.

그 손은 아무것도 들고 있지 않았다.

아아, 부러진 건가…….

◆슈바인 : 잠깐, 쨍그랑의 목도가 부러졌는데? 어떻게 된 거야?!

◆애플리코트 : 이건, 대체…….

◆루시안 : 그 전에 이 녀석 어쩔 거야!

나를 줄곧 공격하고 있는 좀비 도그! 내 공격으로는 쓰러뜨리지 못한다고!

나무 방패로 어떻게든 막고는 있지만, 이대로 가면—.

◆세테 : 아앗!

◆아코 : 루시안의 방패가!

내 방패도 부서졌다!

우왓, 게다가 산 위에서 좀비 도그의 증원이 왔고!

◆루시안 : 이제 틀렸어, 도망쳐!

◆슈바인 : 모처럼 여기까지 왔는데!

◆아코 : 도망치라니 어디로 도망치는 건가요?!

◆애플리코트 : 모래사장까지 퇴각이다!

스태미나 고갈 직전에 가까스로 좀비 도그를 뿌리쳤다.

평소에는 다리도 좀 더 빠를 텐데, 장비가 없어서 진짜로 힘드네.

◆슈바인 : 어떻게 된 거야? 무기가 부서졌는데?! 설마 불량품?!

◆아코 : 그렇지 않아요오.

의구심을 보내자 제작자가 그럴 리 없다는 듯이 호소했다.

◆아코 : 평범하게 내구도가 떨어졌기 때문 아닌가요?

◆애플리코트 : 음, 저레벨 무기로 고레벨 스킬이나 고위력 공격을 펼치면 내구도가 대폭으로 깎이지.

◆세테 : 아하, 그렇구나.

확실히 사양으로는 그렇게 되어 있다.

저레벨 장비를 언제까지고 쓰지 않도록 하기 위함이라고

생각하는데…….

　◆슈바인 : 그 정도는 나도 알고 있어. 하지만 평소라면 내구도가 제로가 되어도 부서지거나 하지는 않잖아. 그 아코의 지팡이도 그렇고!

　◆루시안 : 아~ 아코의 로드는 언제나 내구도 제로니까.

　레벨 100을 넘어도 로드 같은 걸 쓰고 있으니까 대부분 내구도 제로다.

　하지만 공격력 같은 수치가 내려가기만 하지, 일단 그대로 쓸 수는 있다.

　그럼 검이 부서진 원인은…… 아아, 이거다.

　내 검은 거의 쓰지 않으니까 손에 남아 있다. 그걸로 알았다.

　◆루시안 : 우드 소드에 적혀 있네. 수리 불가라고.

　◆슈바인 : 수리 불가……라고……?

　이 섬에서 만든 장비는 수리 불가인 거겠지.

　어쩌면, 손에 넣는 물건은 전부 일회용인 걸지도 모른다. 역시 서바이벌 맵.

　◆아코 : 그래서 내구도가 제로가 되면 부서지는 거네요.

　아코는 제 탓이 아니네요! 라며 기뻐하며 말했다.

　그런 일로 기뻐할 때가 아니야.

　◆애플리코트 : 그렇다면, 우리는…….

　마스터가 조심조심 말했다.

◆애플리코트 : 부서지면 끝인 일회용 장비를 자작하고, 좀비가 들끓는 섬을 탐험하며, 유적에서 영사기를 입수해야만 한다는 건가.

◆아코 : 네! 그게 앨리 캣츠 탐험대의 목적이에요!

그렇군. 이 맵이 인기가 없고, 고대의 마도 영사기가 비싼 이유를 잘 알았다.

우리는 저마다 끄덕였다.

◆루시안 : 힘내라. 아코 대장.

◆슈바인 : 기다릴게, 아코 대장.

◆애플리코트 : 응원하마. 아코 대장.

◆세테 : 파이팅이야. 아코 대장.

◆아코 : 다들 도와주세요~!

4장

"집에 돌아갈 때까지가 서바이벌입니다."

"제가 조사해보니, 일부 개인 블로그에 공략 과정이 남아 있는 걸 확인할 수 있었어요."

아코 대장이 우리를 돌아보며 말했다.

"역시 자급자족이 기본이고, 생산 스킬과 전투 스킬이 밸런스 좋게 요구된다고 해요."

"그렇군, 그렇군."

이런 맵에 오면 「역시 생산 스킬도 올려둘 걸 그랬네~」라고 생각하게 된다.

사흘 정도면 질려버리지만.

"그리고 초반에는 몽크가 강하다고 해요."

"미즈키인가……."

맨손으로도 어지간한 스킬은 쓸 수 있으니까.

도움을 요청할 수도 있겠지만, 결혼기념일 준비를 도와달라고 여동생에게 부탁하는 건 너무 부끄럽다.

"아니, 하지만, 그래도 부탁해야 하나……."

"단지 몽크는 방어 면에서 장비 의존도가 높으니까, 클리어에는 맞지 않는다고 해요."

"아~, 버티지 못하는 건가."

몽크는 장비가 없으면 피하지도 못하고 버티지도 못하니까.

"흠, 그럼 우리의 클리어 전략은 잘못되지 않은 거로군."

"네. 소재를 모아서 장비를 만들고, 더욱 탐색을 진행해서 상위 장비로 레벨 업하고…… 그렇게 나아가면 되는 것 같아요."

"지팡이도 만들어야겠지."

"전신 풀 장비가 가능해지면 방패도 바로 부서지지 않을 테니, 장비는 제대로 갖추고 싶네."

방어구는 대미지를 받을 때 내구도가 줄어들지만, 어느 장비의 내구도가 줄어드는지는 랜덤이다. 따라서 방패만 장비하고 있으면 무조건 방패 내구도가 줄어서 바로 부서져 버린다.

천이든 가죽이든 좋으니까 전신에 방어구를 장비하면 방패도 오래 버틸 거다.

"하지만 유감스럽게도, 그렇게 대단한 정보는 없었어요. 저희끼리 공략한다는 마음가짐으로, 오늘도 열심히 탐색해 보죠!"

오~!

―라고는 해도…….

"나랑 마스터밖에 없긴 하지만."

"어쩔 수 없지. 건강이 제일이다."

"슈, 걱정되네요."

오늘 부활동은 나와 아코, 마스터, 이렇게 세 명밖에 없다.

세가와가 몸이 좋지 않은지, 부활동을 쉬고 집으로 돌아갔기 때문이다.

아키야마는 그녀를 따라갔으니까, 여기에 남아있는 건 우리뿐이다.

"감기가 유행하는 것 같아서, 사이토 교사도 교직원 회의다."

"저희 반 애들도 꽤 쉬고 있었어요."

"어떻게든 살아남아야…… 현실에서도 서바이벌인가…….

"헉! 설마 슈는, 감기가 아니라 좀비로?!"

"안 변해, 안 변해."

그 경우, 따라간 아키야마가 제1 희생자잖아.

눈물을 흘리며 세가와를 격퇴할지도 모르지만.

"뭐, 인원은 적지만, 그렇기에 할 수 있는 것도 있으니까."

"호오, 그건 뭐냐?"

"굳이 따지자면 적극파에 속하는 세가와가 아키야마가 쉬고 있잖아?"

그래서 어제와는 달리―.

"우리 세 명뿐이니까, 신중하고 면밀하게 준비하고, 완벽하게 탐색하면서 나아갈 수 있지 않을까 싶어서."

"그러고 보니 어제는 이것저것 무시했었으니까요."

"그 동굴 같은 데는 안을 무척 보고 싶었다."

그런 거지.

그렇기에 이번에는 제대로 서바이벌하기 위한 준비를 한다는 걸 목표로 하자고.

"앨리 캣츠 탐험대, 출격이에요!"

해변에 내려섰다. 어제와 아무것도 변한 게 없다.

"같은 곳이네요."

"그렇다면 근처에 유목이 있을 텐데……."

"그러게요. 루시안의 검과 방패를 만들죠."

지금으로서는 제대로 싸우지 못하니까.

좀비와 만나면 그 자리에서 게임 오버다.

"일단은 싸울 준비를 해야지."

"나는 다른 곳으로 가도 되겠나? 전에 숲에 들어갔을 때 채집할 수 있는 바위가 있었지? 그곳에서 마석이 나올 것 같아서 말이다."

"저급 마석이라면 평범한 바위에서 나올 거예요."

"좋아, 나는 그쪽을 돌지."

좀비가 나올지도 모르니까 조심하라고.

"회복 아이템도 만들어야겠네요. 물고기를 잡아서 구우면 중급 포션 정도의 효과는 될 거예요."

"오케이. 그럼 분담하자."

나는 목재를 모으고, 마스터는 돌을 캐고, 아코는 요리를 시작했다.

뭐야, 이거. 진짜로 서바이벌을 하는 것 같은데?

"목재 나와라, 목재 나와라."

유목 다섯 개 정도를 쪼개서 돌아오자—

"어서 오세요."

"오오, 모닥불이 있잖아."

아코가 모닥불을 피워서 기다리고 있었다.

"근처에 앉으면 회복 속도도 올라가네요."

"옛날에는 이걸로 자연회복 같은 것도 했었지."

"그립네요."

MP 회복력이 부족했던 시절에는 자주 앉거나, 모닥불로 휴식하기도 했다.

요즘의 논스톱 사냥을 생각하면 느긋한 시간이었다.

"그 물고기, 구워진 거 아냐?"

"아, 잘 구워졌습니다!"

"그만둬."

그 대사는 위험해!

"그보다도 소재 모아왔어."

"네. 검과 방패 제작 말이죠."

"부탁해."

일단 방패가 있으면 감염을 막을 수 있고, 샤우트도 쓸 수 있다. 최소한으로는 싸울 수 있게 될 거다.

"오오, 마석이 나왔다!"

오, 마스터도 목적한 아이템을 찾은 모양이다.

"채집했나요! 이걸로 지팡이도 만들 수 있겠네요!"

아코와 마스터도 싸울 수 있게 되겠군.

아코가 건네받은 마석을 다시 깡깡 두드렸다.

"일단은 우드 로드를 다섯 개 만들었어요!"

"의외로 많이 만들었네."

"마석을 쓰는 만큼 목재의 필요 숫자가 적어지거든요. 검은 한 자루밖에 못 만들었지만요."

"이걸로 어떻게 할 수밖에 없어."

딜은 마스터에게 맡기면 문제없겠지.

"그럼 탐험을 가볼까?"

"음. 오늘의 제1 목적은 그 동굴이다."

"게다가 그 목화밭으로 가면 천을 만들 수 있을 거예요."

천옷이나 로브를 만들 수 있었던가.

"흠, 천 신발이 있는 것만으로도 이동 속도가 꽤 나아지겠지."

"하나하나 준비해 나가죠."

응응, 눈앞의 목적이 있으니 마음이 진정되네.

"천천히 진행하니까 좋네."

"저희에게는 잘 맞네요."

"클리어 페이스는 늦어질지도 모르겠다만."

이 멤버이기에 가능한 방식이다.

우리는 그대로 해안을 빠져 나와 천천히 신중하게 숲으로 들어갔다.

"음, 좀비 도그다."

"나왔나……."

그것도 한 마리가 아니라 줄줄이 나왔다. 무리로 있는 거냐.

"어제는 당했지만……."

"지금이라면 문제없다. 좀비 도그는 불, 미티어의 효과가 발군이니."

"좋아, 부탁해."

내가 방패로 버티고 있는 사이에 마스터가 미티어를 발동했다.

하늘에서 운석이 떨어져 좀비 도그 집단에 직격했다.

"오오, 좀비견이 픽픽 쓰러지네."

"역시 대단하네요!"

"핫핫핫! 아직 대미지 판정이 남아있건만, 오버킬이었군."

그랬는데— 바로 폭풍이 멎었다.

"어라?"

"마법이 사라졌네요?"

"음, 지팡이가 부러졌군."

"마법을 쓰던 도중에 부러졌어?!"

아직 운석이 떨어지는 이펙트가 끝나지 않았는데?!

"다중 HIT일 경우, 초반에 부러지는 모양이군. 이게 원인이 돼서 슈바인의 램페이지 소드로는 쓰러뜨리지 못했던 거다."

아~ 그거 3HIT니까.

"이러면 단발성 대(大) 대미지 마법을 써야 할지도 모르겠군."

"그보다 진짜로 순식간에 부러지네, 이 무기."

"조금 더 강한 무기를 갖고 싶네요."

"레벨이 높고 좋은 소재가 모이면, 보다 좋은 무기를 만들 수 있는 건가?"

"좋은 소재를 채집하기 위해서는 채집 도구가 필요하고, 좋은 장비를 만들려면 제작 지원 설비라든가 생산 장비가 필요해요."

성가시네.

"누군가가 만든 설비 같은 게 남아 있지 않을까?"

"이 섬을 나가면 사라지는 것 같아서요."

정말로 민폐 섬이다.

"그래도 좀비 도그의 고기를 손에 넣었고, 풀도 채집했어요. 이걸로 조금 소재가 늘어났네요!"

"고기는 구워서 먹으면 HP, MP, 스태미나에 리제네가 걸린다. 우리에게는 귀중한 식재료군."

"발상이 원시인처럼 되었네."

또다시 걸어가기를 잠시…….

겨우 동굴에 도착했다.

자, 어제는 무시했지만—

"바로 들어가 보기로 할까?"

"신중하게~."

"어두워요!"

"우왓, 안 보여!"

원래부터 맵이 표시되지 않는 섬인데 주변이 새까맣게 될 정도로 어둡다.

내 캐릭터도 잘 보이지 않네.

"횃불 같은 걸 만들 수 있겠나?"

"만들 수 있어요!"

아코 주변에 불이 켜졌다.

오오. 고맙군, 고마워.

"목재가 또 줄었네요."

"그렇다 해도, 어두운 상태로는 애초에 나아갈 수가 없다."

필요경비라는 거지.

"……하지만, 이 새까만 어둠에서 어떻게 횃불을 만든 거야?"

"그, 글쎄요……?"

게임은 신비함으로 가득하네!

"이쪽이 안쪽 같아요."

아코를 선두에 세우고 천천히 동굴을 나아갔다.

으음, 아무것도 없는 것 같네.

"일부러 만들었으니까, 뭔가 의미가 있을 것 같은데……."

"으음……."

"어라?"

아, 아코가 뭔가 찾은 모양이다.

"여기 뭔가 적혀 있네요."

"어느 쪽? 아아, 그쪽 벽인가."

"벽화인 모양이군. 클릭할 수 있다."

정말이네.

벽화, 라고 적힌 포인트를 클릭하자 화면이 표시되었다.

산기슭에서 조금 오른쪽으로 틀어진 곳에 유적 같은 것이 그려져 있었다.

그곳에서 커다란 빛과 함께 도마뱀 같은 괴물이 뛰쳐나왔다. 그런 그림이었다.

"흠, 저 산기슭에 유적이 있는 모양이로군."

"올라가지 않아도 되는 건 다행이네요."

"하마터면 화구까지 갈 뻔했잖아."

이런 정보가 있으니까 샛길로 빠지는 것도 얕볼 수 없단 말이지.

"앗, 여기, 채굴할 수 있어요! 게다가 레벨이 높아요, 철광이에요!"

"진짜냐!"

그건 좋은 정보다! 철을 캘 수 있는 건가!

"아이언 소드도 만들 수 있어?"

"아궁이를 만들 필요가 있지만…… 그것도 돌 아궁이면 되는 거라, 어떻게든……."

"좋아, 철광을 채집해서 돌아가자."

"다 들 수 없으니까, 모두 분담해서 하죠."

정말이다, 무거워!

"이래서는 중량 오버로 이동이 느려지겠네."

"적이 나오면 곤란하겠네요."

"핫핫핫! 그런 플래그를 세워버리면—."

꾸오오오오! 하고 뭔가 울부짖는 소리가!

"—이렇게 나오는구나. 역시!"

"아코가 쓸데없는 소리를 하니까!"

"그치만!"

뭐야, 이 녀석, 크잖아!

곰이냐, 곰 몬스터냐!

"숲의 곰이에요!"

"아니, 이 녀석은 산의 곰인데?"

이름은 마운틴 좀비 베어.

하지만 출현지점은 완전히 숲이잖아!

"가급적 적은 내구도로 대응을…… 이거다!"

오, 마스터가 바닥에 지팡이를 겨누자, 그곳에서 얼음의 덫 같은 게 생겼다.

"아이스 트랩인가. 익히고 있었구나."

"아이시클 윌의 사전 스킬이니 말이다."

좀비 베어는 그걸 제대로 밟고 그 자리에 발이 묶였다. 좋아, 지금이다!

"이 틈에 도망치자!"

"무거운 철광은 버려도 괜찮아?"

"죽어도 가지고 돌아가 주세요!"

"큭, 서바이벌은 힘들어."

필사적으로 숲을 빠져나와 어찌어찌 모래사장까지 돌아왔다.

도중에 곰이 두 번이나 쫓아와서 마스터의 지팡이를 전부 써버리고 말았다.

"하아…… 위험할 뻔했네."

"역시 장비가 너무 약하군."

그러게. 적어도 철 장비가 있어야겠어.

"아코 군. 바로 철 무기, 방어구를 만들어 주겠나?"

"네. 하지만 생산 설비는 몬스터에게 맞으면 한 방에 부서지니까, 습격 받지 않는 곳에 만들어야……."

"안전한 곳 같은 건 없겠지."

"보호해 둘 필요가 있겠군."

보호라고 해도, 어떻게 해야 좋을까.

"여기, 하우징 맵과 같은 설정이라, 약간의 설치물이라면 놓을 수 있어요."

"울타리나 벽 같은 것들 말이야?"

그렇군. 그걸 쓰면 생산 설비를 지킬 수 있겠네.

"그럼 아코 주변을 둘러싸서 안전하게 할까?"

"저는 아궁이를 만들고 철 장비를 생산할게요."

"좋아, 건축은 우리에게 맡겨라."

유목이나, 그냥 숲에 있는 벨 수 있는 나무 같은 것도 가져와서 척척 소재를 모아나갔다.

그리고 벽과 울타리를 이용해 안전한 공간을 만드는 느낌으로—

"이 주변부터 울타리로 둘러쌀까?"

"안전을 위해, 숲 쪽은 높은 벽을 쌓자."

"아, 출입할 수 있는 문을 붙여야지."

"출구는 이쯤으로 할까?"

"숲에서 도망쳐 왔을 경우, 뛰어들 위치가 이상적이겠는데."

"그럼 조금 오른쪽이겠군. 유적이 그쪽에 있을 거다."

"이 울타리, 조금 더 오른쪽에 배치해 주실래요? 화로와 아궁이를 나란히 놓고 싶어서요."

"미안, 바로 움직일게!"

그렇게 와자지껄 거점 만들기에 힘썼다.

뭐야, 이거. 꽤 즐거운데?

◆세테 : 얏호~! 아카네의 컴퓨터 빌려서 들어왔어~.

오, 세테 씨다.

세가와네 집에서 로그인한 건가?

◆세테 : 다들 벌써 유적에 도착했어?

◆세테 : 아니, 에에에엑?! 뭐야? 이게?!

뭔가 놀라는 것 같은데, 왜 그래?

◆세테 : 이거 어떻게 된 거야?! 뭘 만드는 건데?!

뭐냐니, 어어…….

◆루시안 : ……임시 거점, 이랄까?

◆세테 : 임시?! 아무리 봐도 어엿한 거점이야! 생활공간이
라고!

듣고 보니 그럴지도.

원형 울타리와 벽으로 둘러싸인 공간에, 화로나 아궁이,
베틀 같은 생산 설비가 놓여 있고, 간이침대도 준비해 놨다.

중심에는 모닥불이 불타고 있어서 생선이나 고기가 지글
지글 좋은 소리를 내고 있다.

가끔 좀비가 덮쳐왔지만, 울타리 너머에서 나무 창 같은
걸로 요격 중이다.

◆루시안 : ……너무 기합을 넣었나?

◆애플리코트 : 거점을 만드는 게 즐거워져서, 나도 모르
게…….

◆세테 : 완전히 이 섬에서 영주할 생각이잖아!

위험하군, 위험해. 무심코 좀비섬의 주민이 될 뻔했다.

◆아코 : 하지만 이거 보세요, 세테 씨! 화로나 아궁이를 만

들어서, 체인 웝도 만들 수 있게 됐어요!

　◆세테 : 그건 기쁘지만! 목적을 잊어버리면 안 되거든?!

　◆애플리코트 : 그렇지. 슬슬 장비도 모인다. 실전으로 들어가자.

　그런고로—.

　◆아코 : 그럼 멤버를 확인할게요!

　우리 앞에 선 아코 대장이 힘차게 말했다.

　◆아코 : 장비는 철검과 방패로 완성되었다! 알몸의 메인 탱커, 루시안 대원!

　◆루시안 : 크리티컬만큼은 봐줘.

　◆아코 : DPS라면 절대로 지지 않는다! 마법사의 화력을 보여주마! 딜러, 애플리코트 대원!

　◆애플리코트 : 아이언 로드라도 나는 강하다!

　◆아코 : 무땅이 있다면 사각은 없다! 서머너, 세테 대원!

　◆세테 : 너로 정했다!

　◆아코 : 루시안 앞에서라면, 저는 언제라도 전성기! 타오르는 유부녀, 타마키 아코! 본명으로 등장이에요!

　◆루시안 : 본명으로 오지 마!

　◆애플리코트 : 핸들 네임으로 해라!

　◆아코 : 다른 한 명은 감기로 도착이 늦어지고 있지만, 도착하는 대로 부대에 추가할게요!

　◆세테 : 그 아카네 말인데, 채팅을 보면서 배를 잡고 웃고

있어.

◆루시안 : 제대로 자라고 말해줘.

그 녀석은 뭐 하는 거야.

◆세테 : 차라리 아카네한테 무땅의 조작을 해달라고 하고 싶은데.

◆세테 : ……어라? 무땅?

◆아코 : 왜 그러시나요?

세테 씨가 무땅 주변을 빙글빙글 돌았다.

◆세테 : 무땅이 이상해.

◆루시안 : 이상하다니?

◆세테 : 말을 전혀 듣지 않아!

세테 씨가 이쪽, 저쪽, 하고 가리켰다.

그러나 무땅은 나 몰라라 하는 얼굴로 목 뒤를 긁으며 멍하니 있었다.

확실히 이건 이상하네.

◆애플리코트 : 아아, 소환수가 너무 강해서 스킬이 부족한 거겠지. 장비 보정으로 보충하고 있었겠지만, 아이언 웝이 되었으니 말이다.

◆세테 : 에엑?! 내가 너무 약해서 말을 안 듣는 거야?

그렇군. 무땅은 꽤나 레벨이 높으니까.

저레벨 장비로는 제어할 수 없나…….

◆아코 : 무땅, 내가 더 강한 걸 잊지 말라고 하고 있네요.

◆세테 : 잊지는 않았지만! 말을 좀 들어줘~!

대화 중심인데도 무땅은 나 몰라라 하는 얼굴로 데굴 뒹굴었다.

이 자유로운 움직임, 완전히 제어가 안 되는 상태인 것 같다.

"주력 중 한 마리가 빠졌는데, 이 탐험대는 정말로 괜찮은 걸까?"

"이번에는 아이언 로드가 다섯 개 있다. 이걸로 마법을 열 번은 쓸 수 있지."

"적잖아!"

"무슨 소리냐. 옛날 RPG는 모험 한 번에 마법을 열 번이나 쓰면 우수했었다만."

"그럴지도 모르지만!"

온라인 게임에서 스킬은 좀 더 연발하는 거라고!

"목적은 적을 쓰러뜨리는 게 아니라, 영사기를 입수하는 거예요! 분명 할 수 있어요!"

"그, 그렇지. 좋아, 어떻게든 해 보이겠어."

목표인 아이템을 입수하면 우리의 승리다. 거기까지 가면 문제없어!

"다녀오겠습니다!"

제대로 임시 거점의 문에 자물쇠를 잠그고, 우리는 탐험을 나섰다.

◆애플리코트 : 큭, 또 지팡이가 부러졌다!

◆세테 : 무땅, 싸워줘~!

◆루시안 : 세 번째 방패가 부서졌어!

◆아코 : 오지 말아주세요! 좀비 싫어요!

가던 중에는 그런대로 고생하기는 했지만…….

"이건…… 어딜 봐도 고대 유적!"

"마침내 도착했네!"

동굴에서 오른쪽 위로 조금 더 걸었더니, 그 유적은 의외로 가까운 곳에 있었다.

◆세테 : 척 봐서는 평범한 유적인데, 어째서 돌기둥이나 조각 같은 게 날고 있어……?

◆아코 : 그야 고대 유적이니까요.

◆세테 : 고대라는 말이 너무 강해!

RPG에서『먼 옛날에 멸망한 초(超)고대 문명』이라는 파워 워드는 무적이니까.

"좋아, 들어가기로 하자."

"함정을 조심해 주세요."

"생각보다 밝네."

우리는 석조 유적 안으로 천천히 들어섰다.

어딘가에서 발생한 수수께끼의 빛이 들어와서 내부는 살짝 밝았다.

◆세테 : 역시 영사기는 가장 안쪽에 있을까?

◆아코 : 아뇨, 고대의 마도 영사기는 이 맵의 최고 레어는 아니니까요. 도중에 발견되더라도 이상하지 않아요.

◆세테 : 그럼 제대로 세밀하게 체크해야겠네.

세테 씨가 두리번두리번 돌아보며 걸었다. 그 뒤를 무땅이 슬그머니 따라갔다.

◆세테 : 아, 여기 버튼이 있어!

"기다려 주세요. 어쩌면—."

꾹! 하는 기동음이—.

"함정일지도— 라고 하려고 했는데!"

"들리지 않겠지. 세테는 슈바인의 집에 있다."

"그랬었죠!"

아아, 함정을 조심하라고 말해도 들리지 않는구나!

◆아코 : 세테 씨. 이상한 스위치 같은 건 누르면 안 돼요! 함정이라면 큰일이라고요!

◆세테 : 그렇구나. 근데 딱히 아무것도 일어나지 않는데?

그 직후, 삐익! 삐익! 삐익! 하는 경보음이 울렸다.

그리고 벽이 우르릉 소리를 내며 움직이면서 얼기설기 인간 형태를 만들어냈다.

◆좀비 골렘 : 침입자.

◆좀비 골렘 : 침입자.

골렘의 좀비라니 대체 뭔데?!

게다가 엄청난 기세로 총을 쏘고 있잖아!

◆세테 : 뭐야, 이게?!

◆아코 : 명백하게 세계관이 다르잖아요! 판타지는 어디로 간 건가요~!

◆애플리코트 : 무슨 소리냐, 좀비도 골렘도 판타지 아니냐.

그렇긴 하지만!

"어쩔까, 도망칠까?!"

"여기까지 왔으니까 안으로 가보죠!"

"큭…… 그래. 상대하기에는 준비가 부족하다. 적어도 내부의 정보를 얻자!"

경보가 울리는 가운데, 우리는 유적 안으로 달렸다.

중간에도 벽에서 골렘이 나왔지만, 전부 무시하고 오로지 앞을 향해 달렸다.

◆좀비 골렘 : 침입자.

그러니까 왜 골렘이 좀비를 자칭하는 거냐고!

애초에 살아있지 않잖아!

▶이것은, 한 임금님의 이야기입니다.◀

"음, 이건 뭐냐."

"안내문?"

채팅창에 묘한 문장이 떴다.

어딘가에서 메시지가 나오는 모양이다.

"저쪽이 빛나고 있어요."

"정말이네."

갈림길을 돌아서 빛이 보이는 쪽으로 가봤다.

◆아코 : 이건⋯⋯ 영상인가요?

◆세테 : 벽에 비추고 있는 모양이네.

유적 벽에, 어떤 이야기가 비치고 있었다.

그리고 영상과 함께 안내문이 나왔다.

▶초고대 문명의 붕괴에서 살아남은, 한 고대인.◀

▶모든 것을 잃은 그는, 절해의 외딴 섬에서 혼자 살게 되었습니다.◀

▶인간, 짐승, 그리고 몬스터까지, 살아 있는 모든 이들을 사랑한 그의 곁에는 많은 존재가 모였고, 마침내 임금님이라 불리게 되었습니다.◀

▶그러나 임금님의 평화는 오래 이어지지 않았습니다. 섬 바깥에서 찾아온 인간들이 강력한 무기를 가져와◀

그때, 갑자기 메시지가 끊겼다.

무슨 일인가 했더니―.

◆아코 : 고대의 마도 영사기, 획득했어요!

◆세테 : 에에에에에에에에엑?!

아코가 영상을 비추던 아이템을 양손에 들고 있어!

◆세테 : 아코?! 이 섬의 수수께끼 같은 게 밝혀지려는 도중이었던 것 같은데!

◆아코 : 그런 건 아무래도 좋잖아요!

◆세테 : 제작자한테 사과해!

은근히 신경 쓰이는 이야기였는데!

"뭐, 뭐어, 목적이었던 아이템을 입수한 거다. 좋은 일이지."

"의외로 간단히 손에 들어왔네."

"한때는 어떻게 해야 하나 고민했었는데 말이죠."

부실에 안도의 분위기가 흘렀다.

◆세테 : 저기, 있지.

그때 세테 씨가 말했다.

◆세테 : 그래서, 어떻게 돌아갈 거야?

◆루시안 : ……돌아가?

◆세테 : 응. 가지고 돌아가야 하잖아?

◆아코 : ……앗!

그랬다. 이 맵에서 죽으면 전부 다 잃는다.

이 영사기를 갖고 섬을 나와야 하는 거잖아.

◆루시안 : 근데…… 어떻게 나가지? 이 섬.

◆아코 : 어, 그 해안에서 나가면 되잖아요?

◆루시안 : 해안에 맵 출구 같은 게 있었던가?

◆아코 : ……아뇨, 아무것도.

보통은 맵과 맵을 잇는 곳에 워프 존 같은 게 있다고.

그게 보이지 않는다는 건—

◆애플리코트 : 뭔가 다른 수단으로 탈출해야만 한다, 이건가?

◆아코 : 모, 모처럼 손에 넣었는데!

◆루시안 : 맞다, 아코. 포털 게이트를 여는 거야.

◆아코 : 홀리 오브가 없으면 못 써요!

◆애플리코트 : 오브오브오브! 기사로서 부끄럽지도 않은 거냐!

◆아코 : 기사가 아니라 힐러에요!

이것에는 촉매, 저것에는 소재! 아이템이 없으니까 귀찮네!

◆좀비 골렘 : 침입자.

◆좀비 골렘 : 침입자.

◆좀비 골렘 : 침입자.

쫓아왔다아아아아아아아!

† † †　　† † †　　† † †

유감스럽게도, 오늘의 부활동은 그걸로 끝났다.

집으로 돌아가는 길에 아코가 지친 얼굴로 하늘을 올려다봤다.

"우우, 클리어했다고 생각했었는데……."

"설마 탈출수단도 필요할 줄이야."

"집에 돌아갈 때까지가 서바이벌!"

"소풍 같은 말을 꺼냈네."

서바이벌이 단숨에 서민적으로 변했어.

"저 같은 경우는, 매일 가는 학교가 서바이벌 같은 거라서

집에 돌아갈 때까지는 끝나지 않는구나~ 라고 느낄 때가
있어요."

"반 애들한테 턴 언데드 같은 건 쓰지 마라."

무조건이야.

"반 아이들은, 빛 속으로 사라졌다!"

"니후람도 안 돼!"

경험치조차 들어오지 않으니까!

"그럼 배니시요."

"보나마나 다음에 데스 쓸 거 아냐."

안 된다니까.

"이렇게 느긋하게 이야기하는 것도 좋지만, 슬슬 결혼기념
일까지 시간이 없네."

"결혼기념일이 목요일이니까, 이제 이틀 정도밖에 없으니
까요."

오프 모임이 일요일이었고, 오늘이 화요일.

준비 시간도 생각하면, 내일 안에는 결판을 내고 싶은
데……

"어려우려나……. 어떻게든 엄마에게 즐거운 결혼기념일을
보여주고 싶은데……."

클리어할 수 있을까 고민하고 있던 그때—

"저기, 루시안."

"뭔가 좋은 생각이라도 떠올랐어?"

"그게 아니고요. 조금 불안하다고나 할까……."

아코는 전에 배운 적절한 거리감을 유지한 채, 나를 바라보며 말했다.

"결혼기념일에 어머님을 부르는 거, 루시안은 정말로 찬성하나요?"

"왜 이제 와서 그런 걸?"

나도 동의했잖아.

"그치만 평소 루시안이라면, 현실과 게임은 달라! 라고 말하며 싫어했을 것 같은데요."

"뭐, 결혼기념일 같은 걸 보여줬다가는 더욱 불안해할 것 같은 느낌은 들지."

그런 불안감이 있기는 하지만—.

"단지, 엄마가 걱정하는 건, 그게 아니라고 생각하거든."

왜냐하면, 엄마는 아코가 이상하다고 한 게 아니다.

아직 결혼할 수 없는 나이인데, 부부라거나 결혼 같은 말을 한 게 이상하다고 한 거다.

—뭐, 그런 말을 하는 건 주로 아코지만.

"아마도, 엄마가 불안하게 생각하는 건 온라인 게임 그 자체라고 생각해."

"온라인 게임 자체가 위험하다고 생각하시는 건가요?"

"그래그래."

아니, 엄마의 마음은 잘 안다고.

"나랑 미즈키가 잘 모르는 것에 열중하고 있고, 게다가 결혼했다~ 라거나 부부다~ 라는 말을 하면, 위험해 보이는 느낌이 들잖아."

"객관적으로 보면 그러네요."

"아코가 객관적이라는 말을 꺼냈어?!"

"저도 자신을 객관적으로 볼 수 있거든요?!"

그런가. 당신과는 다른 건가.[#5]

뭐, 아무튼, 그래서 그다지 설명하지 않았던 거다.

지금 와서는 말하는 게 좋았을지도 모르지만.

"그럼 우선은 온라인 게임에 대해 이해를 받지 않으면 안 되겠네요."

"가능하면 그러고 싶지만……."

그것도 어려운 이야기라서.

"아들인 내가 보기에는, 엄마가 게임에 대해 완벽하게 이해하는 건 무리인 것 같거든."

"정말로 이해하려면 게임을 하지 않으면 무리일 테니까요."

온라인 게임의 근사함은 해보지 않으면 몰라요! 라며 아코는 가슴을 폈다.

말로 이해하게 만드는 것도 어려우니까.

"아무리 노력해도, 잘 모르겠다는 감상이 나올 거야."

#5 당신과는 다른 건가. 일본의 전 총리 후쿠다 야스오가 2008년 사퇴 기자회견에서 기자의 질문에 「저는 저 자신을 객관적으로 볼 수 있습니다. 당신과는 다릅니다」라고 답해서 생긴 유행어.

게임조차 잘 모르는 사람에게 좀 더 깊은 온라인 게임에 대해 알아달라고 하는 거니까, 그리 많은 건 바랄 수 없다.

하지만 적어도 알아줬으면 하는 건—.

"그러니까, 친구가 많이 있고, 모두 축하해주고, 우리는 즐겁게 하고 있다는 것만 전해 주면 될 거야."

이상한 거나 위험한 게 아니라, 멋진 일을 하고 있다는 걸— 거기서 아코와 만났다는 걸, 그것만 알아줬으면 하는 거다.

"그러면 나와 아코에 대한 인상도 조금은 변할 거라 생각하고— 어때?"

"좋을 것 같아요!"

아코는 응! 하고 양손을 쥐었다.

"그래요. 온라인 게임은 무척 근사한 거예요! 어머님도 꼭 알아주셨으면 좋겠어요!"

응응, 아코는 그렇게 말하겠지.

"그러니까 최악의 경우 영사기가 없더라도, 괜찮은 느낌의 결혼기념일이 되면 나는 그걸로 충분한데."

"안 돼요! 결혼식 영상을 어머님께 보여드려야 해요!"

"알았어, 대장."

하긴, 그래서는 안 되겠지.

왜냐하면 결혼기념일의 가장 중요한 목적은, 엄마를 부르는 게 아니다.

나와 아코의 좋은 추억을 만들기 위해서니까.

아코와 헤어져서 무사히 집에 도착했다.

집에 돌아갈 때까지가 서바이벌입니다.

"다녀왔습니다~."

"어서 와~."

오, 미즈키가 돌아와 있었네.

감기가 유행하는 것 같으니, 잠깐 확인해볼까?

"미즈키, 몸은 괜찮아?"

"응? 괜찮은데, 왜 그래?"

"감기가 유행하고 있는 것 같아서."

"아아, 우리 반에도 쉬는 사람 있었어."

그래도 미즈키는 건강해 보인다. 응, 다행이군, 다행이야.

"어머, 학교에서 감기가 유행하고 있니? 두 사람 다 괜찮아?"

"우왓!"

뒤쪽 아래에서 목소리가?!

"그러니까 왜 엄마한테 놀라는 거니! 이상하잖아!"

"그야 놀라지."

눈치채지 못했으니까. 심장에 안 좋네.

나보다 먼저 돌아왔다는 건, 일이 빨리 끝난 건가?

"마침 잘됐네. 잠깐 엄마한테 부탁이 있는데."

"어머, 웬일이니? 히데키가 엄마한테 부탁? 좋아, 뭐든 말해보렴."

"지금 뭐든지 한다고—."

이게 아니지. 부모님을 상대로 무슨 말을 하려는 거냐고.

"목요일 밤에 잠깐 할 말이 있어. 아코도 올 테니까 시간 좀 비워줬으면 해."

"……아코도?"

아아, 엄마가 왠지 복잡한 표정을 짓는다!

"저기, 히데키. 아코에 대해서 말인데……."

"아니, 마음은 이해해! 엄마!"

서둘러 엄마의 말을 가로막았다.

"여러모로 생각하는 게 있을 거야. 그야 그렇겠지."

확실히 아코가 이상한 녀석인 건 부정할 수 없지만—.

"그래도 아코는 좋은 점도 무척 많아. 조금 더 우리에게 찬스를 주시죠!"

부탁해요! 라고 손을 맞댔는데, 엄마는 그게 아니라며 고개를 저었다.

"아니라니까, 그게 아니고!"

"어, 뭐가 아닌데?"

"나도 아코는 무척 좋아하거든?"

"……그래?"

위험한 아이라고 생각하지 않아?

"그야 물론, 그 아이가 며느리가 되어 준다면 좋겠네~ 라고 생각하고, 히데키와도 상성이 좋아 보이고, 원래대로라면 그냥 결혼해버려~ 라고 말하고 싶을 정도지만……."

엄마는 그렇게 말하며 떨떠름한 표정을 짓고는, 진심으로 유감이라는 목소리로 다시 이어 말했다.

"벌써 결혼했다는 말을 들으니까, 엄마도 잘 모르겠어."

"그렇겠지."

그게 아코의 문제란 말이야.

"그러니까 엄마도, 가능하면 납득하고 싶어. 아코는 좋은 아이구나~ 히데키를 맡겨도 괜찮겠구나~ 하고."

"엄마 쪽도 복잡하네."

"가장 복잡한 건 오빠랑 아코 언니의 관계라고 생각하는데……."

쓸데없는 말을 하지 말거라. 여동생아.

"응. 알았어. 엄마도 그렇게 말한다면 노력해볼게. 잠시만 기다려줘."

"부탁해."

그렇게 말한 뒤, 엄마는 아주 약간 걱정스러워하며 덧붙였다.

"그래도 히데키, 무리는 하지 말렴."

"괜찮아, 괜찮아."

엄마가 아코를 마음에 들어 하는 상태라면, 아직 승산은 있어!

꼭 엄마에게, 온라인 게임은 정말로 좋은 것이다, 라고 생각하게 만들겠어!

††† ††† †††

◆슈바인 : 미안미안, 폐를 끼쳤네.

◆루시안 : 그건 전혀 상관없긴 한데.

슈바인이 부활한 것은 다음날 밤이 되어서였다.

오늘은 학교를 쉬었으니까, 아직 완전하지는 않을 것 같은데, 괜찮은 건가?

◆아코 : 괜찮나요? 슈.

◆슈바인 : 괜찮아. 그보다 방금 일어나서, 오히려 한가함을 주체하지 못하고 있다고.

◆루시안 : 얼마나 잔 거야.

◆슈바인 : 감기 따위는 자면 낫는 거야.

아무래도 슈는 잠으로 치료하는 파인 것 같다.

◆슈바인 : ……그래서, 물어보고 싶은데.

슈는 해안에 서서 주변을 빙글 돌아봤다.

◆슈바인 : 로그인했더니 이런 상황인데, 뭐야? 이거.

◆세테 : 임시 거점이야!

◆슈바인 : 어디가 임시인데! 완벽하게 본격 거점이잖아!

아아, 역시 태클을!

전멸한 탓에 붕괴한 임시 거점은 오늘 하루에 걸쳐서 어찌

어찌 복구했다.

또한, 만들어야 할 것이 늘어나서 상당히 거대해졌다.

간단한 집에, 항구 같은 부두까지 만들었으니까.

◆슈바인 : 우리의 목적은 영사기잖아? 왜 마을을 만들고 있는 거야!

◆루시안 : 아니, 이건 이유가 있어서…….

◆애플리코트 : 꼭 필요했다.

◆슈바인 : 뭘 위해서인데?

◆아코 : 실은 탈출하려면 배가 필요해서…….

◆슈바인 : 배?! 배라니 그 물에 뜨는 그거?!

그래, 그 배.

◆루시안 : 어제 영사기가 있는 곳까지는 갔는데, 돌아가려고 해도 출구를 모른다는 걸 깨달아서…….

◆아코 : 조사해봤더니, 이 맵 남쪽 끄트머리에 워프 포인트가 있었어요.

◆슈바인 : 남쪽 끄트머리…….

슈는 자신의 뒤쪽, 바다 쪽을 바라봤다.

◆슈바인 : 아…… 진짜네. 뭔가 있네.

바다 한가운데에 등대처럼 빛나는 워프 포인트가 있었다.

◆애플리코트 : 그 때문에, 꼭 선착장이 필요했다.

◆아코 : 게다가 배를 만들기 위해 이것저것 재료도 필요해서…….

선체를 만들 목재, 돛을 만들 천, 부분적으로 철재도 필요하다.

필요 최소한의 재료를 모아 탈출 준비를 하고, 유적까지 갔다가, 배로 돌아와 탈출한다.

그걸 위해서는 이 정도의 거점은 필요했다고.

◆슈바인 : 하지만 분명 취미도 들어갔겠지!

그건 부정하지 않겠어!

쓸데없이 벽이 두꺼운 건 내 취미이고, 어째서인지 감시탑 같은 걸 만든 건 마스터고, 딱히 필요 없는데 조리장을 준비한 건 아코고, 화단 같은 걸 만든 건 세테 씨다.

◆슈바인 : 저기 구멍 함정에 은폐가 되어 있는 거, 좀비 상대로 필요해?!

◆아코 : 무슨 소리인가요. 좀비 서바이벌에서 가장 위험한 건 좀비가 아니라, 살아있는 인간이거든요?!

◆슈바인 : 이 맵에서 다른 플레이어를 만난 적 있어?!

한 번도 없습니다!

◆루시안 : 뭐, 준비는 대략 끝났으니까.

◆아코 : 슈의 철 장비도 있어요.

◆슈바인 : 기쁘긴 하지만! 아아, 정말!

슈바인은 분한 듯이 바닥을 쿵쿵 밟았다.

◆슈바인 : 왜 거점 만들 때 나는 자고 있었던 거야!

◆루시안 : 너도 하고 싶었던 거냐!

◆슈바인 : 바닥을 마구 파서 다이아를 캐내 다이아몬드 장비 같은 걸 만들고 싶었는데!

◆루시안 : 수직 파기 하지 마!

이건 그런 게임이 아니거든?! 못 캐거든?!

◆애플리코트 : 그럼 마지막 도전이다.

◆세테 : 긴 탐험이었네…….

◆루시안 : 중간부터 즐겁게 서바이벌했다고 생각하지만…….

실패하든 성공하든, 결혼기념일 준비는 해야 한다.

아무튼, 이게 마지막 도전이다.

◆아코 : 목표는 고대의 마도 영사기! 입수해서, 이 좀비섬을 탈출해요!

◆루시안 : 앨리 캣츠 탐험대, 출격!

우리는 거점의 문을 열고 뛰쳐나가려― 했는데, 그오오오오 하고 좀비 세 마리가…….

탁, 문을 닫았다.

◆루시안 : 벽 틈새에서 요격이다!

◆아코 : 예비 나무 창을 써주세요!

얼빠진 스타트였다.

스타트는 엉성한 느낌이었지만, 탐험대의 이동 루트는 상당히 세련됐다.

◆루시안 : 유적으로 가는 길은 몇 번 확인했는데, 이 길이 적과의 조우율이 낮아.

◆애플리코트 : 좀비 도그까지는 내가 정리하마. 좀비 베어는 도망치도록 하자.

◆슈바인 : 나도 싸울 수 있어.

◆루시안 : 지금은 아이언 소드가 있으니까.

◆슈바인 : 염원하던 아이언 소드를 손에 넣었다!

◆루시안 : 그러네, 상관없지만.

◆아코 : →죽인다.

◆슈바인 : 죽인다니 이상하잖아!

장비할 수 없으니까 빼앗을 생각은 없나 보다.

◆세테 : 나는 무땅이 싸워주기만 한다면 될 텐데.

◆슈바인 : 섣불리 싸웠다가는 무땅한테서 좀비 도그가 태어날 뿐이잖아.

◆세테 : 무땅이 감염되어버려~!

그렇게 뚜벅뚜벅 숲을 나아갔다.

좀비와 몇 번 조우했지만, 어떻게든 무사히 유적까지 도착했다.

◆슈바인 : 흐응~, 이게 그 유적이구나.

◆아코 : 함정을 조심해 주세요.

◆슈바인 : 조심하라고 해도, 어떻게 해야 하는데?

어떻게, 라……

그 함정 말인데, 유감스럽지만─.

◆좀비 골렘 : 침입자.

◆루시안 : 엄청 숫자가 많으니까, 노력해서 피해도 뭐든 하나는 밟을 거야.

◆슈바인 : 왜 골렘에 좀비가 있는 건데!

역시 리액션은 그렇게 나오겠죠!

◆아코 : 들킨 이상, 여기서부터는 시간과의 싸움이에요! 달려요!

◆루시안 : 서둘러~!

안쪽까지 달려서 빛이 나는 모퉁이를 향해 오른쪽으로─!

▶이것은, 한 임금님의 이야기입니다.◀

좋았어, 영사기 발견!

◆아코 : 그 이야기는 스톱이에요!

아코가 속공으로 영사기를 입수했다!

이걸로 목적은 달성!

◆루시안 : 이제는 탈출이야!

◆세테 : 도망쳐~!

그렇게 말해도 여기부터가 문제다.

◆좀비 골렘 : 침입자.

◆좀비 골렘 : 침입자.

적이 엄청 오니까!

◆애플리코트 : 좀비 골렘의 사이를 빠져나가 달려라!

◆아코 : 하지만 이동 속도가 느려요!

◆루시안 : 스태미나도 부족해! 젠장, 역시 스테이터스가 낮아!

조금만 더 가면 달아날 수 있어!

◆슈바인 : 끄윽!

◆루시안 : 슈?!

◆슈바인 : 괜찮아, 총탄이 한 발 스쳤을 뿐이야!

◆아코 : 힐 할까요?

◆슈바인 : 필요 없으니까 달려!

좋아, 어떻게든 전원 유적에서 탈출했어.

이제는 해안으로 가서, 배를 타면 클리어할 수 있지만!

◆루시안 : 유적 안에서 계속 달렸더니 이제 스태미나가 제로야!

보통은 회복 아이템과 장비의 보정으로 떨어지는 일이 거의 없는 스태미나가 전원 텅 비어버렸다.

이 상태에서는 달릴 수 없고, 이동 속도도 엄청나게 떨어진다.

◆애플리코트 : 좀비 골렘에게조차도 따라잡힐 것 같은 속도로군.

◆아코 : 어떻게든 해안으로……!

◆슈바인 : ……훗, 어쩔 수 없네.

◆루시안 : 슈바인?

슈가 아이언 소드를 한 손에 들고 유적 입구에 우뚝 섰다.

◆루시안 : 서, 설마 너!

◆슈바인 : 여기는 내게 맡기고, 먼저 가!

엄청난 사망 플래그!

◆루시안 : 무슨 소리야! 슈!

◆아코 : 안 돼요! 앨리 캣츠 탐험대는 모두 함께 살아남아야죠!

◆슈바인 : 무리야. 왜냐하면 나는 이미…… 감염됐으니까.

◆루시안 : 뭣…… 방금 한 발로?!

그 일격으로 감염된 거냐! 운 나쁘네!

◆슈바인 : 역시 병상에서 막 일어났는데 무리한 게 안 좋았네…… 후훗…….

◆아코 : 슈……!

◆슈바인 : 자, 돌아보지 말고 달려! 내 몫까지 살아남는 거야!

너 완전 분위기 탔네.

◆아코 : 슈의 마음을 헛되이 만들지 않겠어요! 가죠!

◆세테 : 미안해!

◆애플리코트 : 확실히 부탁하마!

◆루시안 : 따라올 거라고 믿고 있으니까!

우리는 달렸다.

그리고 유적 쪽에서 침입자침입자 하는 좀비 골렘의 목소리가…….

◆슈바인 : 설령 병으로 약해지더라도, 이 몸은 최강의 사나이! 이 무적의 검기와, 쨍그랑 철도(鐵刀)의 힘을 맛봐라!

◆아코 : 그건 쨍그랑하지 않은 거거든요?!

◆슈바인 : 지금까지 온존해뒀던 필살 오의!

슈바인은 검을 홱 버리며 외쳤다.

◆슈바인 : 검 내던지기식! 드래곤 소울!!!

◆아코 : 제 검하고는 상관없잖아요오오오오오오오!

엉망진창이야!

드래곤으로 변신한 슈가 전방에 브레스를 내뿜었다. 압도적인 위력으로 좀비 골렘은 대부분 무너져갔다. 하지만—.

◆슈바인 : 아앗, 역시 범위 바깥에 남아있는 녀석들이……아아아아아앗!

◆루시안 : 슈~!

젠장, 너의 희생을 헛수고로 만들지 않겠어!

왠지 오프 모임에서 후타바에게 똑같은 소리를 했던 기억이 있지만!

우리는 유적을 나와 숲속을 달렸다.

천천히, 하지만 확실히 결승점에 다가가고 있었다.

◆아코 : 이대로 가면 살아서 돌아갈 수 있을 것 같아요!

◆애플리코트 : ……그렇게 편하게 갈 순 없을 것 같구나!

맨 끝에서 달리던 마스터가 뒤를 돌아보며 멈췄다.

뭐야, 뭔가 오는 거야?

◆세테 : 저거…… 드래곤?!

에에에에엑?!

정말이다. 유적 쪽에서 몸이 흐물흐물한 드래곤이 날아오고 있어!

드래곤 좀비다!

◆애플리코트 : 훗, 그 동굴 벽화를 봤을 때부터 이런 때가 올 거라고 생각했었지.

◆아코 : 그 의미심장한 말투…… 설마?!

◆애플리코트 : 그 설마다!

촤악! 하는 소리가 나며 마스터와 우리 사이에 얼음벽이 생겼다.

마스터의 아이시클 월!

◆아코 : 그럴 수가, 안 돼요! 마스터! 대장으로서 인정할 수 없어요!

◆애플리코트 : 훗, 나도 폼을 좀 잡게 해다오.

◆세테 : 그런 벽을 만들어봤자, 상대는 하늘을 날아오니까 상관없는 게…….

◆애플리코트 : 자, 가라! 내 시체를 넘어서 가라!

◆루시안 : 크윽! 부탁해, 마스터!

◆아코 : 죄송해요, 죄송해요!

◆세테 : 저기, 응. 열심히 해, 선배!

드래곤 좀비 앞을 가로막은 마스터는 천천히 아이언 로드를 들었다.

◆애플리코트 : 결국은 저레벨 장비를 걸친 잔챙이라고 생각하고 있겠지, 드래곤 좀비여! 하지만 내게는 한 가지 비장의 카드가 남아 있다!

왠지 슈랑 비슷한 말을 하고 있어!

◆애플리코트 : 아크 메이지의 코어 스킬, 릴리스 스펠의 최대 특징! 그것은 충전한 시점의 장비만으로 위력이 정해진다는 거다! 실은 릴리스한 마법은 그때 입은 장비는 물론이고, 버프나 지원 효과마저 전혀 상관없지!

◆루시안 : 어? 그 스킬 그런 효과였어?!

◆아코 : 굳이 따지자면 마이너스인 특징 아닌가요?!

평범한 마법보다 조금 약하구나~ 라고 생각했었는데 그런 이유였냐!

◆애플리코트 : 단, 과금 부스트는 제대로 가산된다!

과금만 특별!

◆애플리코트 : 그리고 나는, 이 맵에 오기 전에 대마법 하나를 충전해 놨다…… 그 의미를 알겠나!

설마 마스터……!

◆애플리코트 : 받아라, 전라의 섬에서도 빛나는 나의 장비! 이것이 전력으로 펼치는 스타 라이트닝이다아아아아아!

◆아코 : 그보다 그거, 또 제가 만든 지팡이하고는 상관없잖아요!

우주에서 쏟아진 격렬한 번개가 드래곤 좀비의 피부를 태웠다.

지금까지의 억누르고 있던 마법이 아니다. 전력을 다한 스킬이다.

그리고 그 번개가 멎었을 때—

◆애플리코트 : ……평범하게 살아있군.

◆루시안 : 그야 저렇게 커다란 드래곤이 마법 한 방에 죽을 리가 없잖아?!

◆애플리코트 : 무념……이다…….

마스터가 죽었다!

◆루시안 : 우리는 마스터를 넘어서 나아가자!

◆아코 : 네!

◆세테 : 으, 응!

아코, 세테 씨, 그리고 무땅과 함께 달렸다.

이제 곧 숲을 나와 해안에 도착한다. 그러면 결승점에 들어갈 뿐!

그때, 무땅이 갑자기 울부짖기 시작했다.

◆세테 : 어, 무땅?

멍멍 울부짖는 무땅의 시선 끝에는, 악연의 상대, 좀비 도그가……!

스태미나가 다 떨어진 우리보다 압도적으로 발이 빠른 상대다.

◆루시안 : 여기까지 와서…….

◆아코 : 이런…….

◆세테 : 어쩌지?

이렇게 되면 내가 샤우트로 모아서―.

그렇게 말하기 전에, 아코가 놀란 표정으로 세테 씨 쪽을 봤다.

◆아코 : 그럴 수가, 세테 씨! 혼자서 좀비 도그를 막으려 하다니?!

◆세테 : 에엑?! 아무 말도 안 했는데?!

◆아코 : 안 돼요, 세테 씨! 아아, 하지만 그 정도의 결의가 있다면……!

◆세테 : 어디에서 그런 결의가 나왔는데?!

너무해! 이 녀석, 억지로 세테 씨를 희생시킬 셈이야!

◆루시안 : 아코 대장 쩌네.

◆아코 : 대장은 때론 비정한 결단을 내려야 할 때가 있는 거예요.

◆세테 : 정말~! 알았어, 어떻게든 하면 되잖아!

◆아코 : 부탁드려요!

자포자기한 듯이 말한 세테 씨를 두고 우리는 해안으로 달렸다.

그리고 남은 세테 씨는…….

◆세테 : 이제 난 몰라. 두 사람이 범위 밖으로 나갔다

면…… 무땅, 지금만이라도 내 말을 들어줘!

무땅이 멍! 하고 크게 울었다.

그 순간, 좀비 도그 무리에 대량의 병아리 마크가 떠올랐다.

무땅의 울부짖음! 무차별 범위 스턴!

◆세테 : 다행이다…… 마지막에는 마음이 통했네, 무땅.

그렇지만 스턴은 한순간이었고, 무땅과 함께 개의 무리에 삼켜져 버렸다!

◆아코 : 세테 씨도 제가 만든 채찍하고는 상관없었잖아요!

뭐, 뭐어…… 채찍이 없으면 소환도 못 하니까.

그렇게 말하는 사이에 가까스로 임시 거점까지 돌아왔다.

문을 닫고…… 좋아. 이걸로 당분간 안전하다.

◆루시안 : 나머지는 탈출할 뿐이네.

◆아코 : 네. 같이 돌아가죠!

◆루시안 : 배 준비는 다 됐어?

◆아코 : 완벽하죠.

아코가 조종석이라는 이름의 목제 노를 손에 들었다.

자, 마침내 서바이벌 맵 『영락의 섬』을 탈출할 때—.

◆루시안 : —아, 이거 안 되겠네.

아아, 봐버렸어.

◆아코 : 루시안? 왜 그러세요?

◆루시안 : 바다 쪽, 봐봐.

◆아코 : 어…….

지금부터 출항하려는 바다를 본 아코가 경악했다.

◆아코 : 사, 상어?!

◆루시안 : 좀비 샤크야…….

바다에는 마치 우리의 탈출을 막으려는 듯이 대량의 좀비 샤크가 우글대고 있었다.

이걸 어떻게 하지 않으면, 이런 고물 배는 간단히 부서지고 만다.

◆루시안 : ……뭐, 응. 그럴 것 같더라.

◆아코 : 설마, 루시안?!

◆루시안 : 그래, 나한테 맡겨.

하는 일은 간단하다. 실패할 리가 없다.

◆루시안 : 잘 들어, 아코. 반드시 영사기를 갖고 돌아가는 거야. 반드시.

◆아코 : 그럴 수가, 안 돼요. 루시안! 루시안을 두고 저만 살아남다니, 아무 의미도 없잖아요!

◆루시안 : 괜찮아, 마음은 언제나 함께야!

아아, 다들 이렇게 분위기를 탔구나, 라고 생각하면서, 딱히 의미도 없이 그럴싸한 말을 늘어놓았다.

이 중간에 죽는 조역 같은 대사, 왠지 즐겁네.

◆루시안 : 작별이다! 건강해라, 아코!

◆아코 : 루시안!

◆루시안 : 우오오오오오오오!

방패를 들고, 샤우트를 한 방 날렸다.

그 후 바다에 뛰어들고, 내 쪽으로 다가온 상어를 이끌고 먼 바다로 나갔다.

아파! 좀비 샤크 딜 세잖아! 아니, 오히려 내가 약한 건가!

일단은 천과 철로 전신 장비를 만들었는데, 대미지 경감을 못해!

◆아코 : 루시안…… 당신의 마음을 가슴에 품고, 저는 살아서 돌아가겠어요!

저쪽도 저쪽대로 좋은 말을 하는, 워프 포인트를 향해 노를 저었다.

다행이다. 좀비 샤크는 저쪽으로 가지 않았다. 전부 내 쪽으로 오고 있다.

"아아, 어떻게든 됐네……."

그리고 아코가 탈출하기 직전에, 내 루시안도 힘이 다했다.

◆아코 : 살아서, 살아서 돌아왔어요!

마침내 아코가 항구에 도착했다.

그 눈앞에―.

◆루시안 : 어서 와.

◆슈바인 : 무사히 돌아왔네.

◆애플리코트 : 죽은 보람이 있었군.

◆세테 : 그걸로 안 됐으면 너무 슬펐을 거야.

물론 다들, 항구에서 기다리고 있었다.

전원 쓸데없이 분위기를 탔지만, 여기로 돌아오게 될 뿐이니까.

◆아코 : 죄송해요. 저 때문에……

◆루시안 : 아무 문제 없어.

갖고 돌아오고 싶은 아이템 같은 건 없었으니까.

애초에 전부 아코가 만든 장비고.

◆슈바인 : 그 임시 거점은 조금 아쉽지만.

그러고 보니 노력해서 만든 거점도 전원이 맵을 나온 시점에서 붕괴했겠네.

그건 그것대로 섭섭하지만, 그러는 편이 다음에 오는 사람들이 즐길 수 있을 테니까.

조금 아쉽긴 해도, 그 좀비투성이 서바이벌 맵에 작별을 고했다.

◆슈바인 : 자, 시간이 없어. 이벤트 준비해야지.

◆세테 : 그래그래! 고양이공주 씨가 먼저 장식을 달기 시작하고 있으니까!

◆고양이공주 : 다들 즐거워 보여서 치사하다냐! 고양이공주 씨는 시시한 작업뿐이다냐!

◆아코 : 바로 갈게요!

이제 내일은 결혼기념일.

엄마 대책, 두 번째 싸움이 시작된다.

††† ††† †††

찰칵찰칵 열쇠를 돌리는 소리가 들렸다.

그리고, 다녀왔어~ 라는 익숙한 목소리가 이어서 들렸다.

"마, 마침내 엄마가 돌아왔어."

"두근두근해요……!"

긴장된 표정의 아코와, 이미 부끄러운 마음으로 가득한 나.

그런 우리를 맞이한 엄마는—.

"다들 벌써 왔니? 미안해, 늦어져서."

"저야말로 먼저 와서 실례합니다!"

"어어, 이 경우에는…… 그래, 차를 내와야겠네."

역시 대본을 꺼냈다!

됐으니까, 그건 안 꺼내도 된다고!

"차라면 벌써 준비해놨으니까. 자, 엄마. 옷 갈아입고 와."

그리고 이쪽도—.

"아코도 그 메모는 넣어둬."

"네, 넷."

전하고 똑같아지잖아.

"오래 기다리게 했네."

옷을 갈아입고 돌아온 엄마가 의자에 앉았다.

"아, 이거, 과자를 만들어 왔는데요."

"어머, 아코가? 고마워."

평범한 환영에 안심했는지, 엄마는 과자 하나를 들었다.

"이건……?"

"플로랑탕이에요!"

"후로란땅……?"

발음 이상하게 하지 마. 뭔가 다른 걸 상상하게 되니까.

(´･ω･`) 란땅, 처럼 들린다고.

엄마는 플로랑탕을 우물 하고 한 입 먹었다.

"……맛있네."

"다행이네요!"

"아코는 요리를 잘하니?"

"잘한다고 해야 할까, 연습은 제대로 하고 있어요."

"충분히 특기라고 할 수 있는 레벨이야."

"그, 그런가요?"

"……."

쑥스러워하는 아코를 보던 엄마는 잠깐 고민하며 말했다.

"혹시 이건, 네가 아내라서?"

"네!"

"엄마는 있지, 점점 아코에 대해서 알게 되어 가는 것 같아."

아아, 대본에 뭔가 적고 있어!

어쩌지? 아코의 좋은 점을 보여주기 위해 가져온 건데, 작전이 실패한 듯한 예감이……!

"보, 본론으로 들어가자! 오늘 메인은 이거야!"

이야기가 이상한 방향으로 흘러가기 전에 노트북 세 대를 책상 위에 놓았다.

엄마, 나, 아코 앞에 한 대씩이다.

"사용법은 역시 알지?"

"당연하잖니. 이건 우리 노트북이고, 엄마도 직장에서 쓰는 건데."

미즈키가 언제나 쓰는 우리 집 노트북이니까, 괜찮겠지.

"오히려 너희 노트북은 어디서 가져온 거니?"

"부실에서 빌려왔어. 내일 제대로 돌려줄 테니까 괜찮아."

말은 이렇게 했지만 비품은 아니고, 마스터의 사유물이긴 하지만. 언젠가 반납하겠습니다.

"이걸로 뭘 하니?"

"대충 알고 있을 거라 생각하지만, 우리가 하는 게임이 어떤 건지 보여주고 싶다고 생각해서."

"그거 좋네!"

엄마가 찰싹 손뼉을 쳤다.

"두 사람이 어떤 일을 하는지 무척 신경이 쓰였으니까, 엄마도 기뻐."

"확실히 안내해드릴게요!"

"잘 부탁해."

우우, 미즈키에게 온라인 게임 가르쳐 준 거랑 똑같은데도 왠지 긴장되네.

"어어, 여기 클라이언트를 켜서……"

"이 프로그램이니?"

"그리고 ID와 비밀번호가 이거."

"그래그래."

간단히 설명이 끝났다.

"그러면 여기, 캐릭터가 있지?"

☆유키☆라고 적힌 캐릭터를 사전에 만들어 놨다.

"왠지 귀여운 이름이네."

루시안 엄마라는 이름으로 할 수는 없으니까.

"여기서 엔터를 누르면 돼."

"그러면 게임에 들어갈 수 있는 거지? 괜찮니? 나가지 못하게 되지는 않아?"

"뭔가 애니메이션이라도 봤어?"

"그런 건 없으니까요."

그렇게 셋이서 레전더리 에이지로 들어갔다.

로그인 장소는 전부 동일하게, 수도 로드스톤의 한 장소—.

"이건…… 성?"

고양이공주 성 앞이다.

"네. 고양이공주 성이에요."

"우리의…… 친구가 가진 성이야."

"친구가 성을 가졌어?!"

친구라고나 할까, 담임선생님이지만.

"아무쪼록 들어가 주세요."

"이쪽이쪽."

"잠깐만, 조작을 잘 모르겠어."

"아아, 가려는 곳을 클릭하든가, W, A, S, D가 각각 이동 방향이고……."

이야기하던 중, 안에서 기다리던 사람이 우리를 눈치챈 모양이었다.

◆슈바인 : 오, 왔구만.

◆애플리코트 : 어서 오십시오. 어머님.

◆세테 : 메인 게스트가 왔어~!

◆고양이공주 : 어서 오라냐!

앨리 캣츠의 모두와—.

◆유윤 : 오, 루시안의 어머니?

◆디 : 아줌마 안녕하심까ㅋㅋㅋ

◆†검은 마술사† : 적어도 누님이라고 부르라고.

◆너구리 사부 : 구리.

그 밖의 많은 사람들.

모두 정면 현관에서 나와 우리를 맞이해 주었다.

"이 사람들도, 모두 안에 사람이 있는 거니?"

"물론이죠."

"많은 사람이 즐기고 있네."

그야 뭐, 전부 합치면 만 단위의 사람이 들어오고 있으니까.

"그런데 이 사람들이 왜 여기에 있는 거니?"

"축하하러 와준 거예요."

"축하……?"

그렇다. 축하.

"오늘은 저와 루시안의, 결혼기념일이에요."

"결혼, 기념일……."

엄마는 뭔가를 곱씹듯이 중얼거렸다.

엄마를 데리고 고양이공주 성 안으로 들어갔다.

변함없이 호화로운 내부지만, 오늘은 조금 더 파티 사양
이다.

◆이가스 : 축하합니다.

◆리미트 : 축하～.

◆바츠 : 빨랑 헤어져～.

◆카보땅 : 아코를 내놔～.

◆아코 : 안 헤어져요!

◆슈슈 : 안 들켰어, 안 들켰어.

◆미캉 : 2층에 있는 거 안 들켰어.

그리고 마지막 두 사람, 신발이 있었으니까 그냥 들켰거든?

그보다 로그인하고 있다는 건, 설마 내 방 컴퓨터를 멋대

로 쓰고 있는 거 아냐?!

신경 쓰이는 건 있었지만, 아무튼 왁자지껄 안으로 들어갔다.

넓은 방에는 대량의 요리가 차려져 있고, 이곳저곳에 노점도 설치되어 있었다.

결혼기념 특가! 라고 적혀서 싸게 파는 가게도 있거니와, 축제 가격(비쌈)이라고 쓰고 불꽃놀이 불꽃을 파는 노점도 있었다.

"오, 제비뽑기 가게까지 나와 있네."

"특상은 엠퍼러 포와링 햇?! 갖고 싶어요!"

아니, 주최자가 그런 걸 하고 있을 때가 아니거든?

넓은 방 안에 스테이지 같은 게 만들어져 있어서, 아코와 함께 그곳에 같이 앉았다.

엄마는 스테이지에서 조금 떨어진, 잘 보이는 곳이다.

오, 벽에는 『아코♥루시안 결혼기념일!』이라는 패널이 만들어져 있네.

◆루시안 : 이거 어떻게 만든 거야?

◆세테 : 소재의 조합으로 문자를 표현한 거야!

이 녀석, 진짜 굉장하네.

"굉장하네…… 작은 파티 같아."

"모두가 도와주고, 축하하러 와줬어요."

"부럽네. 아빠는 요 몇 년간 제대로 축하도 해주지 않았거든."

이상한 곳에서 아버지한테 불똥이!

"아버지는 바빠서 돌아오지 못할 뿐이니까!"

"결혼기념일은 어떻게든 돌아와 줬으면 하잖아요!"

"그렇다니까."

그런 데서만 의기투합하지 마!

◆애플리코트 : 사회를 맡은 애플리코트다. 참가자는 대부분 모인 모양이군.

스테이지 옆의 사회자석에서 마스터가 말했다.

◆애플리코트 : 그럼 지금부터, 제1회, 아코&루시안 결혼기념일을 개최한다!

와~! 하는 박수와, 실내인데도 펑펑 불꽃이 터져 나왔다.

◆슈바인 : 제1회라는 건 제2회도 할 거야?

◆세테 : 하지 않을까?

아, 안 하지 않을까?

◆애플리코트 : 그럼 먼저, 주역인 두 사람이 인사를 하도록 하자. 먼저 루시안.

갑자기 나한테 화제가 넘어왔어?!

◆루시안 : 뭐야, 그거 못 들었는데?!

인사 같은 걸 해야 해?!

◆애플리코트 : 확실히 말하지는 않았다만, 하지 않을 수도 없지 않나.

◆루시안 : 그야 그렇지만!

"어머, 히데키가 인사하는 거니?"

"그, 그런 것 같아."

젠장, 모두 입 다물고 있었군.

◆루시안 : 으음…… 오늘은 우리를 위해 모여 줘서 고마워.

◆유윤 : 들어가~

◆디 : 돌아가ㅋ

◆바츠 : 당장 Pv대회 시작해~

◆루시안 : 너희들 진짜로 웃기지 말라고?!

뭐 때문에 인사를 시킨 거냐고?!

"사랑받고 있네. 히데키."

"다들 좋은 녀석들이야. 정말로!"

그보다 내 인사는 이걸로 끝내도 되는 거야?!

◆애플리코트 : 그럼 다음으로 아코다.

◆아코 : 넷!

아코가 일어섰다.

◆아코 : 여러분, 저희 결혼기념일에 모여 주셔서, 정말로 감사합니다!

관중들이 와~ 하고 끓어올랐다.

나와 아코에 대한 리액션이 다른 거 너무하지 않아?!

게다가 아코는 왜 그렇게 매끄럽게 말하는 거야?

"어어, 다음은……."

아니, 메모 보고 있어!

◆아코 : 오늘로 결혼한 지 1년. 이런저런 큰일도 있었지만, 저희는 줄곧 사이좋게 보낼 수 있었습니다.

◆아코 : 이것도 모두 여러분 덕분이라고 대본에 적혀있긴 하지만, 저와 루시안 때문이라고 생각해요.

◆슈바인 : 대본ㅋㅋㅋ

◆†검은 마술사† : 딱히 아무것도 하지 않았는데ㅋ

이쪽도 심한 인사야!

◆아코 : 하지만 말이죠, 저희는 변함없이 사이좋지만, 변한 것도 있어서…….

아코가 벽을 손으로 가리키며 말했다.

◆아코 : 저쪽을 봐주세요!

채팅과 동시에, 벽에 영상이 투영되었다.

비친 것은 장엄한 교회.

신부 옆에 선 루시안.

그리고 의자에 앉아서 뭔가를 기다리는 슈바인과 애플리코트의 모습.

◆아코 : 이건 1년 전, 저와 루시안의 결혼식 영상이에요.

아코가 말했다.

◆아코 : 실은 이 결혼식에는, 마스터와 슈밖에 부르지 않았었어요.

그랬다. 이 결혼식의 자리에 앉은 것은 마스터와 슈뿐이었다.

다른 사람은 아무도 부르지 않았다.

부른다고 와줄지도 불안했고, 아코에게는 제대로 된 친구가 거의 없었으니까. 때때로 노는 친구는 있더라도, 결혼식에 부르고 싶다! 라는 사람은 딱히 없었다.

◆아코 : 그랬는데, 이렇게 1년 후의 축하 자리에는 많은 사람들이 와주셨어요.

◆아코 : 저는 여기에 있는 사람들을 전부 알고 있어요. 모두 친구예요.

◆아코 : 그게, 정말로 기뻐요!

아코가 감사합니다! 라며 고개를 숙였다.

나도 같이 고개를 숙였다. 모두 고마워.

◆디 : 이예~, 나 친구~ㅋ

◆코로 : 나는 친구인가?

◆이가스 : 아니라고 하면 울 거라고요. 아코 씨.

영상이 계속 흘렀다.

교회 문이 열리고, 그곳에서 아코가 천천히 나왔다.

"이게 히데키랑 아코?"

"우리야"

"정말로 결혼식 같네……."

"결혼식이니까요!"

의기양양한 아코를 엄마가 어딘가 흐뭇하게 바라봤다.

"이게 1년 전이니?"

"네. 딱 1년 전이에요."

"그렇구나, 1년이나……."

영상 속에서 아코가 내 옆에 섰다.

◆신부 크리스토프 : 지금부터 루시안, 아코의 결혼식을 개회합니다.

신부 NPC가 말하기 시작했다.

진지한 말이 이어지다 마지막에—.

◆신부 크리스토프 : ……살아있는 한, 굳게 절조를 지킬 것을 맹세합니까?

◆루시안 : 네.

아아, 내가 맹세했다!

"맹세했네요, 루시안!"

"말하지 마, 부끄러우니까."

◆신부 크리스토프 : ……살아있는 한, 굳게 절조를 지킬 것을 맹세합니까?

◆아코 : 네!

"저도 맹세했어요!"

"아니, 이거 대사 틀렸거든!"

◆아코 : ……어라? 진행이 안 되네?

영상 속의 아코가 당황하며 허둥댔다.

◆루시안 : ! 가 붙어있어서 그렇잖아. 네, 만 하면 된다고.

◆아코 : 아, 네!

◆아코 : 이게 아니고, 네.

◆루시안 : 이게 아니고도 필요 없어!

이거 너무하네.

◆너구리 사부 : 구리리리리ㅋ

◆세테 : 여기서 실패했으니까, 저번 식에서는 제대로 했던

거구나ㅋ

아아, 모두가 폭소하고 있어!

◆아코 : 네.

영상 속 아코가 겨우 맹세했다.

그리고 마침내 이 말이 나왔다.

◆신부 크리스토프 : 그럼 맹세의 입맞춤을.

천천히, 루시안과 아코의 얼굴이 가까워졌다.

◆디 : 오~!

◆바츠 : 어이쿠!

◆슈슈 : 오빠…….

그리고 두 사람의 입술이 닿았다.

참고로 그런 감정 표현은 없으니까, 여기서는 자동조작이

었다.

◆세테 : 꺄아~, 축하해~!

◆유윤 : 휘익~!

◆리미트 : 리얼충, 폭발해라~!

◆루시안 : 잠깐, 진짜로 폭발하고 있는데!

폭탄 같은 게 날아오잖아! 불꽃이 솟구치고 있어!

◆애플리코트 : 으음, 주역에게 위험물을 투척하는 건 삼가 주길 바란다.

◆애플리코트 : 그만둬라. 그만두라고 하지 않나! 너희들!

회장이 카오스가 되어 가고 있어!

"루시안! 맹세의! 맹세의 입맞춤을!"

아앗, 현실에서도 아코가 이상한 행동을!

"부모님 앞에서 하지 마!"

다가오는 아코를 밀쳐냈다.

"⋯⋯정말로 사이가 좋네. 두 사람."

그러자 엄마가 그렇게 말했다.

"네."

"응."

"게다가, 여러 사람들이 두 사람을, 무척 좋아하는구나."

엄마가 흥겨워하고 있는 영상을 바라보며, 후우 하고 숨을 내쉬었다.

"히데키가 줄곧 틀어박혀 있는 게임이 어떤 건지, 사실은 조금 불안했었지만⋯⋯."

그리고 나와 아코를 다정한 눈으로 바라보며—.

"왠지 즐거워 보여서, 안심했어."

"네, 무척 즐거워요."

"좋은 동료들뿐이야."

"모두를 소중히 하렴."

그렇게 웃은 엄마는 손가락을 척 들며 말했다.

"그래도 히데키, 게임은 공부가 소홀해지지 않는 정도로 해야 해."

"옙."

"맞아요, 루시안."

"네가 말하지 마. 네가."

다행이다. 엄마에게 전하고 싶었던 건 제대로 전해진 모양이다.

정말로 즐겁게 보였는지는 모르겠지만, 내가 즐겁다고 생각하고, 그걸 알아줬으면 한다는 마음은 엄마에게 닿았을 거다.

그리고, 나머지 소망은······.

"그래서, 저기, 아코가 나와 결혼했다는 건 이런 의미라서······."

"네! 이렇게 근사한 결혼식을 해서, 부부가 되었어요!"

여기에 납득을 받고 싶은데 말이지.

"······으~음."

엄마는 곤란한 표정으로 고개를 갸웃하며, 플로랑탕을 아삭 깨물었다.

"엄마는 말이지, 이런 인터넷에서 결혼하는 것하고, 제대로 된 진짜 결혼은, 역시 다른 거라고 생각해."

"우우우우우, 어째서인가요~!"

하긴 그렇죠~.

††† ††† †††

"어머님께 인정받지 못했어요……."

아코가 시무룩하게 어깨를 떨궜다.

"미안. 노력해줬는데."

귀가하는 아코를 배웅해주면서, 나도 솔직히 침울해졌다.

즐겁게 게임을 하고 있다는 건 알아줬지만, 역시 아코에 대해서는 의문이 남은 모양이었다.

이래서는 성공이라고 할 수 없겠네.

"그래도 어머님은 루시안과 같은 말을 하시는 거니까, 사과할 필요는 없어요."

아코는 하핫, 하고 지친 얼굴로 웃었다.

"……듣고 보니 똑같네."

게임의 결혼과 현실의 결혼은 다르니까, 부부라고 말하는 건 이상하지 않아? 라는 건 나도 같은 의견이다.

그런데 나까지 부정당한 것 같은 실망감이 드는 건 어째서일까.

아아, 오늘까지 이런저런 일이 있었으니까, 왠지 힘이 빠진다.

"……루시안?"

"응?"

문득 보니, 아코가 걱정스럽게 내 얼굴을 들여다보고 있었다.

"저기, 괜찮나요?"

"아코가 걱정해서 어쩔 거야."

아코 쪽이 걱정인데.

"그런 게 아니고 말이죠—."

"자, 오늘은 돌아가서 쉬라고."

아코를 달래면서 길을 재촉했다.

"엄마에 대해서는 다른 작전을 생각하자."

"……네."

그렇게 말하긴 했지만…….

"어쩌지……."

전혀 떠오르지 않는다.

왜냐하면, 딱히 엄마도 아코를 싫어하는 건 아니다. 오히려 마음에 들어 한다.

그저 평범한 사람이 평범하게 이해할 수 없는 말을 들어서, 평범하게 곤란해하는 거란 말이지.

아코가 농담을 하는 거라면 모를까, 그 녀석은 진심이고.

모든 게 다 진심은 아니지만, 마음은 진심이라고나 할까 뭐랄까⋯⋯.

아아, 정말. 잘 모르게 되었다.

"⋯⋯아침인가⋯⋯."

고민하던 사이에 그다지 잠들지 못한 채 아침이 되어 버렸다.

아아, 힘들지만 학교 가야지.

"좋은 아침. 히데키, 아침밥은?"

"오늘은 됐어."

배가 고픈 것 같지도 않고.

엄마에게 가볍게 손을 흔들며 우유만 컵에 부었다.

"히데키. 혹시 어제 일을 신경 쓰고 있다면⋯⋯."

"아냐아냐. 그런 건 아니니까 괜찮아."

"그야 오빠, 전혀 단념하지 않고 있으니까."

"그렇지."

아코도 나도 전혀 단념하지 않고 있다고.

"그야 나도 아코가 며느리가 되어 준다면 좋겠다고 생각은 하지만⋯⋯."

"그럼 납득해줘도 되잖아!"

"오빠는 절대 남 말 못할 텐데?!"

하긴 그렇지.

"그럼, 다녀오겠습니다."

"조심해서 다녀오렴~."

"예~에."

엄마에게 적당히 대답을 하고 집을 나왔다. 조심해서 다녀오라니 뭐야.

시간에는 여유를 갖고 나왔는데, 멍하니 걷고 있다 보니 아슬아슬하게 도착했다.

종이 울리기 직전에 자리에 앉았다.

"좋은 아침이에요. 루시안."

옆자리에서 아코가 말했다.

응, 다행이다. 아코는 그다지 낙담하지 않고 있네.

"좋은 아침."

대답을 하긴 했지만, 어째서인지 그녀는 빤히 내 얼굴을 바라봤다.

"루시안, 몸이 안 좋은가요?"

"엥?"

갑자기 왜 그래? 목소리가 이상하거나 그런가?

"그렇지는 않은데."

가족들도 아무 말 하지 않았고.

"그래도 분명 몸이 좋지 않을 거예요."

"어째서 내 일로 그렇게 자신만만한데?"

네가 나냐.

"루시안. 쉬는 편이 낫지 않을까요?"

"아니, 괜찮은데…… 그럼 부활동에는 나가지 않고, 돌아가면 바로 잘게."

"꼭 그래야 해요."

아침부터 그런 대화를 한 탓인가.

왠지 멍하니 있다 보니 점심이 되었다.

아코의 도시락이 없으니까 같이 매점에 가야 하는데 말이지.

"오늘은 크림빵을 노리겠어요!"

"저기, 아코. 우리 매점은 사전주문이라는 게 있어."

"접수시간이 8시 15분까지인 시스템이라니, 쓸 수 있을 리가 없잖아요!"

어째서 그렇게 아슬아슬하게 등교하지 않으면 직성이 풀리지 않는 건데…….

"하지만 오늘은 루시안도 예약하지 않았죠?"

"그렇긴 하지만, 딱히 배가 고픈 것도 아니니까, 대충 주먹밥이나 살 거야."

남은 걸 사면 되지.

그렇게 결정하고 자리에서 일어난 순간―.

"……이크."

조금 어지러워서 발이 휘청거렸다.

아아, 아침도 안 먹었으니까. 역시 배가 고픈 걸지도…….

"루시안."

"그래, 붐비기 전에―."

"돌아가죠."

"—매점……으로?"

지금 뭐라고 했죠?

"돌아가요."

"돌아가? 어, 아코? 조퇴할 거야?"

"아니요. 아니, 저도 돌아갈 거지만, 루시안이 돌아가는 거예요."

"돌아갈 이유가 없는데……."

그렇게 갑자기 돌아가라고 해도 말이지…….

"감기예요."

"딱히 그렇지는……."

"감기예요."

"……."

"루시안도 감기 같네~ 라고 생각하고 있죠?"

그렇게 말하면야, 저기…….

"조금 감기 같긴 하지만, 이 정도라면 신경 쓸 정도는—."

"거봐요! 역시 힘들잖아요!"

"에에엑?! 지금 이거 유도신문이었지!"

무심코 순순히 말해버렸잖아!

확실히 조금 몸이 좋지는 않지만, 딱히 감기다~ 라며 떠들어댈 정도는 아니라고!

"어? 니시무라, 감기? 나한테 옮았어?"

"세가와 네가 아니라도 평범하게 유행하고 있잖아."

그보다, 정말로 별거 아니라고.

"그런 거 있잖아. 미묘하게 기운 없네~, 같은 그런 정도. 오늘은 조금 그런 날이야."

"거짓말이에요. 슈가 감기에 걸린 날부터 줄곧 몸이 안 좋아 보였어요."

"너 대체 얼마나 나를 보고 있는 거야?"

얼버무리는 게 전혀 통하지 않는데?

"겉으로 나오기 시작했다는 건 한계인 거예요. 지금부터는 나빠지기만 할 뿐이니까, 돌아가요."

"그래도……."

"반 아이들한테 옮아요."

"……돌아가겠습니다."

이렇게 말하면 어쩔 수 없다.

이 느낌, 옮는 감기는 아니라고 생각하지만…….

"세가와. 미안하지만 나중에 노트 좀 보여줘."

"응, 조심해."

"병문안은…… 안 가는 편이 좋겠네."

마치 병자처럼 나를 부축해주려는 아코를 아키야마가 싱글벙글 웃으며 바라봤다.

정말로 호들갑 떨지 않아도 돼. 괜찮다니까.

"아, 마스터에게 부활동 쉰다고 말해줘."

"그건 이제 괜찮아."

【애플리코트】어서 돌아가서 쉬어라. 어서!

"대응 빨라!"

"그럼 느긋하게 쉬어."

"그래그래."

어쩔 수 없지. 돌아갈까.

"……근데, 돌아간다고 해도, 나는 조퇴를 해본 적이 없는데."

감기로 쉰 적이 거의 없어서, 조퇴는 완전히 미체험 존(zone)이란 말이지.

"교무실이에요. 같이 가죠."

"예입."

아코에게 이끌려서 점심시간의 교무실로 들어가자, 마침 사이토 선생님이 도시락을 먹고 있었다.

"어머, 두 사람이 어쩐 일이니?"

"루시안이 감기 같아서 돌아갈게요."

아코가 즉답했다.

쓸데없는 말은 전혀 하지 않는 부분에서 한시라도 빨리 나를 데리고 돌아가겠다는 느낌이 들었기에 더더욱 면목이 없어졌다.

"……."

선생님은 잠시 생각한 뒤 말했다.

"그건, 니시무라가 감기라서 조퇴한다는 이야기니?"

"아뇨, 루시안이 감기니까, 저랑 루시안이 돌아갈 거예요."

"그렇구나……"

선생님이 하아, 하고 한숨을 쉬셨다.

"같이 조퇴하는 건 인정할 수 없지만…… 막아도 무단조퇴가 되겠지."

"네!"

"그렇게 기운차게 말하지 말렴. 너도 몸이 안 좋은 거니까."

선생님이 쉬잇, 하고 검지를 입술에 댔다.

어? 그걸로 오케이인 건가?

"그렇게 해도 괜찮은 건가요?"

"물론. 몸이 안 좋으니까 돌아간다는 학생을 막을 권리가 교사에게는 없잖니?"

"그래도 보건실에 보낸다든가……."

"보건실에 간다고 해도, 자기만 할 뿐이고 약도 받을 수 없어. 정말로 감기라면 바로 돌아가는 편이 나아."

그래도 보건 선생님에게는 비밀이다냐? 라며 선생님은 출석부에 니시무라, 타마키, 몸이 안 좋음이라고 적었다.

"집에는 전화해 둘 테니까, 조심해서 돌아가렴."

"네~."

"죄송합니다."

"제대로 낫고 건강하게 등교해…… 앗!"

그때 선생님의 표정이 굳어졌다.

"선생님?"

"……니시무라도, 세가와도 그렇지만…… 혹시 그 서바이벌 게임할 때, 젖은 채로 돌아가서 감기에 걸린 게……."

"그렇지 않아요. 애초에 춥다거나 젖었다거나 그런 건, 사실 감기의 원인이 아니라고요."

"그때부터 줄곧 루시안의 몸이 안 좋아 보였어요."

"미안하다냐!"

"제 이야기 듣고 계시나요?"

상관없거든요? 그렇게 사과해도 곤란하다고요.

냐아냐아 사과하는 선생님과 헤어져서 교무실을 나왔다.

이걸로 첫 조퇴가 성립한 것이다.

"그럼 나는 집으로 돌아갈 건데……."

"네."

"……아코도 집까지 올 거냐."

"당연하죠!"

"백 보 양보해서 감기라고 해도…… 아니, 뭐, 응, 아마 감기겠지만…… 간호까지 받을 정도로 나쁘지는 않거든?"

"제대로 쉬지 않으면 나빠진다고요."

이 녀석, 그냥 무슨 말을 해도 따라올 생각이군.

뭐, 됐다. 상대는 아코고, 이렇게까지 말하면 신세를 지자.

"오케이. 잘 부탁해."

"네. 감기일 때는 그 정도로 솔직하면 된다고요."

"네가 우리 엄마냐."

"신부에요오."

신부 아니라고.

아코와 함께 돌아온 집은, 당연하지만 조용했다.

"다녀왔습니다."

"아무도 없네요."

"그야 낮에 돌아왔으니 당연하지."

오히려 부활동이 없으면 저녁에 집에 돌아와도 아무도 없다.

"자, 루시안. 방으로 어서 들어가세요!"

"내 방인데 네가 어서 들어가라고 말하는 것도 이상한데?"

자고 싶기는 하니 상관은 없지만.

왠지 집에 돌아오니까 피로가 드러나는 기분이 든다.

당장 옷 갈아입고 자자.

"……제가 있는데 무시하고 갈아입는 시점에서, 역시 루시안 꽤 이상해요."

"아아, 응. 알고는 있었지만, 아코니까 상관없나~ 해서."

"이, 이건 심각하네요! 일단 열을 재고, 얼음베개하고, 겨드랑이 밑을 차갑게 해서!"

"반대로 괴로워지거든?!"

거기까지 하면 춥다고!

아코가 만든 죽을 먹고, 벌꿀이 든 핫 레모네이드를 홀짝홀짝 마셨다.

그렇군. 이게 조퇴한 날의 감각인가.

"한가하네."

"감기는 한가한 법이거든요?"

그런 건가?

"나는 그다지 경험한 적이 없어서."

"루시안은 감기에 걸리지 않는 타입인가요? 몸이 안 좋다고 하는 거, 거의 들어본 적이 없는데요."

"딱히 감기에 걸리지 않는 건 아니지만…… 그야 감기 걸려봐야 어쩔 도리가 없으니까."

"의미를 잘 모르겠어요!"

어, 그래?

어떻게 말해야 전해질까…….

"지금은 꽤 건강하지만, 어릴 때 미즈키는 무척 감기에 잘 걸리는 아이여서, 일단 감기가 유행하면 걸린다, 같은 일이 많았어."

"유행에 약했었네요."

"그렇게 말하면 요즘 애라는 느낌이네."

아무튼 언제나 몸이 안 좋았었는데—.

"하지만 엄마든 아버지든 쉴 수 있을 리가 없어서, 내가 학교에서 서둘러 돌아와서 간병해줘야 했었거든."

"큰일이네요."

오빠는 그런 법이야.

"그때 미즈키를 간병하던 나도, 왠지 같은 감기에 걸렸나~ 싶을 때가 은근히 있었어."

"그럼 루시안도 쉬어야죠."

"하지만 내가 쉬면 미즈키가 큰일이잖아. 내가 정신 차리고 있어야지."

그래서, 라는 건 아니지만……

"하지만 뭐, 몸이 안 좋다고 해서 감기구나~ 라고 해봐야 딱히 달라지는 것도 없으니까. 그냥저냥 참고 있었더니 그게 자연스러운 느낌이 된 거야."

"엄청나게 건강에 안 좋다고 생각하는데요."

"이건 옮는 녀석이네~ 라고 생각하면 마스크 정도는 쓴다고."

그래도 이번에는 아마, 남에게 옮는 감기는 아닐 거다.

"루시안, 지쳤던 거네요."

아코에게 먼저 그 말을 듣고 말았다.

"저와 어머님 때문에 걱정을 끼쳐서……."

"무슨 소리야. 명백하게 우리 집 문제잖아."

"그런 말을 하니까 피로가 쌓이는 거예요. 심적인 피로가 원인이라면, 제대로 해결하지 않으면 낫지 않아요."

"조금 자면 기운 차린다니까?"

내가 그렇게 멘탈이 약하게 보이나?

그렇게 말했을 때—

현관 쪽에서 찰칵찰칵 하고 열쇠가 돌아가는 소리가 들렸다.

그리고 문이 탕 열리고, 황급하게 계단을 올라오는 발소리가 이어서 들렸다.

"히데키, 괜찮니? 조퇴했다고 가게에 전화가—."

아아, 엄마인가?

방에 들어온 엄마는 컵을 들고 침대에 앉은 나와 쿠션에 앉은 아코를 차례로 바라봤다.

"……아코?"

"실례합니다."

아코가 꾸벅 고개를 숙였다.

"무슨 일이야? 엄마. 일은?"

"그야 히데키가 조퇴하다니 처음 있는 일이라서, 무척 심한 것 같아 황급히 오후 반차를……."

"완전 괜찮아."

건강해, 건강해. 문제없다고.

특히 죽을 먹고 나서 꽤나 기운을 차렸다.

"……괜찮니?"

"괜찮다니까. 아코가 억지로 조퇴시켰을 뿐이고, 원래 대단한 게 아니었어."

"그래도 아침부터 괴로워 보였잖아요."

"그 정도라면 문제없는 범위라니까."

"열을 쟀더니 37.4도였어요. 확실히 감기예요. 그대로 무리했다면 바로 나빠졌을 거예요."

"꽤 괜찮은 온도라고 생각하는데. 아버지는 40도까지 열이 올라도 일하는 게 사회인이라고 했고."

"아버지에게 나쁜 영향을 받고 있지 않나요?!"

"그렇게 말해놓고 요전에는 38도로 회사 쉬었어."

"아버지를 본받죠."

나도 그 정도로 열이 있다면 조금 더 괴로워진다니까.

그런 이야기를 나누는 우리를 멍하니 보던 엄마가 말했다.

"어, 어어, 밥은?"

"아, 주방을 빌려서 제가 점심을 만들었어요. 기름진 것은 그다지 먹고 싶어 하지 않아 보였지만, 죽은 꽤 먹었어요. 식욕이 전혀 없는 건 아닌 것 같아요."

"아, 맞다. 아코, 갈아 만든 사과를 먹고 싶어. 그리고 귤 통조림."

"감기의 정석 같은 리퀘스트네요?!"

사왔지만요! 라고 말하는 아코가 좋아.

"……으~음."

엄마는 나와 아코를 보며 역시 미묘한 표정이었다.

역시 아코가 같이 있는 거, 엄마는 좋게 보지 않는 건가?

그렇다고 아코를 돌려보내는 것도 이상하고…….

"저기, 엄마? 일부러 돌아와 준 건 고맙지만, 그냥 일하러 돌아가도 괜찮아."

"루시안, 루시안. 모처럼 어머님이 와주셨잖아요."

"그래도 아코가 있으면 충분하고."

"기뻐하고 싶지만, 어머님 앞에서는 순순히 이얏호 라고 할 수 없어요!"

"……그러네."

엄마가 중얼거렸다.

"이제 엄마는 필요 없는 걸까……."

넷?!

"어머님?!"

"갑자기 왜 그래?! 엄마!"

"그야, 엄마도 알고 있었어."

엄마는 조금 시무룩하게 말했다.

"일어났을 때 얼굴을 보고, 오늘은 감기인가~ 라고 생각 했었거든. 그래서 만에 하나를 대비해서 언제라도 돌아올 생각으로 일을 하고 있었으니까."

"……그랬어?"

가족들도 알아차리지 못하고 있다고 생각했는데, 엄마한테는 들켰었나?

하지만, 그런가……. 조퇴했다는 말을 듣고 바로 돌아오다니, 처음부터 그럴 생각이 아니었다면 무리였겠지.

"히데키는 몸이 조금 안 좋더라도 딱히 말하질 않고, 물어도 괜찮다고 하니까 오늘도 그럴 거라 생각했거든. 그런데……."

엄마는 바닥에 무릎을 꿇고 앉아 아코와 시선을 맞췄다.

"아코가 말하면 이렇게나 순순히 돌아오고, 응석도 부리네. 갈아 만든 사과를 먹고 싶다니, 유치원 때 이후로 처음이지 않니?"

"어, 그거 먹은 적이 있었던가?"

"있었지. 감기 걸렸을 때, 엄마~ 사과~! 간 거~! 라고 하면서."

"기억 안 나!"

기억에 남아있지 않은데!

"엄마는 제대로 기억하고 있거든? 너도 미즈키도, 어린 시절에는 자주 감기에 걸려서, 그때마다 어떻게든 일을 쉬어서…… 하지만, 그래서 히데키가 무리를 하게 되었나 보네."

그러니까, 라고 엄마는 이어 말했다.

"엄마의 역할은 이제 끝난 걸지도 몰라."

"……엄마."

그렇지 않다고 말하고 싶은 마음과, 확실히 엄마보다 아코를 의지하고 있는 내가 맞물리지 않는 느낌이라, 아무 말도 나오지 않았다.

역할 같은 그런 건 상관없이, 엄마는 엄마지만— 분명 그런 말을 하고 싶은 건 아니겠지.

"아코."

"네, 넷."

갑자기 이름을 불린 아코가 등을 쫙 폈다.

엄마는 그런 그녀를 흐뭇하게 바라보며 말했다.

"조금 무리해서 나왔으니까, 나는 가게로 돌아갈게. 폐를 끼치게 돼서 미안하지만, 아들을 부탁해도 될까?"

"아, 넷!"

아코는 나를 휙 돌아봤다.

"아들을 부탁한다는 말을 들었어요! 루시안! 이건 이제 결혼을 인정받은 게 아닐까요!"

"감기 걸린 사람의 머리를 앞뒤로 흔들지 마."

메스껍다고! 그리고 레모네이드를 침대에 흘리잖아.

"아코."

엄마는 아코의 어깨에 손을 탁 올렸다.

"나도 아코를 무척 좋아하니까, 두 사람이 이대로 사이좋게 지낸다면, 정말로 결혼하는 것도 근사하다고 생각해. 그렇지만—."

그리고 제대로 눈을 마주 보면서, 웃으며 말했다.

"우선 두 사람 다, 어엿한 어른이 되렴."

"……네?"

"미즈키한테서도 조금 들었거든? 출석이라든가, 성적이라든가."

"하웃?!"

아아, 아코에게 갑작스러운 크리티컬이!

"오늘도 히데키를 봐준 건 고마워. 하지만 히데키도 어린 애가 아니니까 혼자 돌려보내고, 너는 학교가 끝나고 나서 와주는 것도 충분했을 거야."

"아우아우아우."

"아, 대본도 없이 설교를 시작했다는 건, 엄마 마음에서는 벌써 가족 취급이구나…… 다행이네, 아코."

"기, 기쁘지 않아요! 우우우, 역시 루시안의 어머님이에요!"

"그 루시안이라는 호칭도 그렇거든? 별명이라는 건 써야 할 곳을 제대로 생각해야지."

"도, 도와주세요!"

그래그래.

"그보다도 엄마, 일 가야지, 일."

"그랬었지. 그럼 아코, 이야기는 나중에 또 하자."

"다음에는 좀 더 평화로운 이야기로 해주세요~!"

대본이니 준비니, 그런 건 아무것도 없이 이야기하는 두 사람…….

잘 모르겠지만, 왠지 잘 풀린 것 같은 느낌이 든다.

"그럼 히데키, 제대로 쉬렴. 아코도 미안해."

"맡겨 주세요!"

아마, 이걸로 해결된 거겠지.

열심히 한 것과는 상관없는 곳에서, 이렇게 간단히.

세상일은 모른다니까.

그건 기쁜 일이지만—.

"큰일인데."

"네? 아, 이야기를 해서 지쳤나요?"

아니, 그게 아니라…….

"엄마가, 이대로 사이좋게 지낸다면, 이라고 했잖아."

"그랬죠."

"우리는 말이지, 1년 지나도 이렇잖아? 앞으로 사이가 나빠지는 일이 있을까?"

"없을걸요?"

"그렇겠지……."

단지, 만약 우리의 사이가 끝날 가능성이, 한 가지 있다면—.

"아코가 나한테 정나미가 떨어지지만 않는다면, 말이지만."

"루시안이 저를 싫어하게 되지 않는다면, 말이지만요."

그렇게 말한 것은 거의 동시였다.

변함없이 비슷한 불안감을…….

"……으~음."

"이건 그냥 사실상의 약혼인 거 아닌가요?"

"그렇지 않습니다."

"아, 반지 사이즈는—."

"기억하고 있어!"

7호잖아! 갖고 싶어?! 정말로 갖고 싶어?!

"아아, 정말. 이상한 생각을 하다 보니 열이 올라……."

"루, 루시안?! 사과, 사과 갈아올까요!"

나와 아코, 첫 결혼기념일, 그 다음날은…….

이렇게 잠든 나와, 기뻐하며 돌봐주는 아코.

그렇게 둘이서, 느긋하게 지나갔다.

에필로그

"응석을 받아주쩌요"

◆슈바인 : 납득이 가지 않는 클리어 방법이네.

◆세테 : 졌을 텐데, 이긴 게 돼서 클리어했다는 느낌?

◆애플리코트 : 우리와 관계없는 부분에서, 아코 군의 노력의 결과가 반영된 거다. 좋은 일 아니냐.

어떻게든 됐습니다, 라고 전달한 내게 돌아온 리액션이 이거다.

◆루시안 : 아무튼, 무사히 클리어한 걸로 끝!

◆슈바인 : 서바이벌과도 작별이네.

◆세테 : 서바이벌 게임은 또 하고 싶어. 다음에는 클레이모어 같은 걸 갖고 싶고!

◆슈바인 : 특수무장 마음에 들었나 보네.

세테 씨가 설치하는 지뢰라니 무조건 밟을 것 같으니까 그만둬.

확실하게 지나갈 곳에 있을 것 같아.

◆고양이공주 : 그건 그렇고냐, 루시안.

선생님이 걱정스럽게 눈살을 찌푸렸다.

◆고양이공주 : 아코의 몸은 어떤가냐?

◆루시안 : 아…… 건강해요, 엄청.

"루시안~, 머리가 아파요~!"

침대 쪽에서 그런 목소리가 들리지만, 응. 건강하다.

"뭐야, 벌써 얼음이 녹았어?"

"그게 아니라, 루시안이 쓰다듬어 주면 아프지 않을 것 같아요!"

"그건 두통의 원인이 감기가 아닌 것 아니야?"

"마음이 약해져 있다고요."

침대 위에서 아코가 데굴데굴 굴렀다.

나를 간병한 다음날, 건강해진 나와는 반대로 아코가 감기에 걸려버릴 줄이야.

심적 피로로 따지면 나와 같거나 그 이상이었으니까, 어쩔 수 없다고는 생각하지만…….

"지쳤으니까 일주일 정도는 쉬고 싶어요."

"당장 치료해서 학교 가자고."

"우우우, 루시안이 차가워요."

◆루시안 : 평소대로라면 내일이면 나을 것 같지만, 본인의 기분 나름이겠죠.

◆고양이공주 : 냐냐냣. 기분은 둘째 치고, 건강하다면 안심이다냐.

◆슈바인 : 평소대로라면……이라고 하는 게 아코답네.

◆애플리코트 : 최근에 고생했으니, 어쩔 수 없겠지.

◆세테 : 열심히 응석을 받아줘.

그야 뭐, 엄청 응석을 받아주고 있지요.

"자, 아코, 사과라도 먹을래?"

"토끼 모양으로 깎아 주세요~."

"맛하고 상관없는 요청은 하지 마."

귀찮을 뿐이잖아.

"그리고, 아~앙 하고 먹여주세요~."

"정말로 감기 맞는 거냐, 이 녀석……."

37도 조금 넘으니까 감기이긴 하겠지만.

"그리고, 같이 자요! 자장가도! 땀을 닦아주거나 갈아입혀 주거나 공주님 안기로 침대까지 옮겨주는 것도!"

"감기일 때 바라는 게 너무 많지 않아?"

지금 있는 곳이 바로 침대다만!

"부족해요! 좀 더, 좀 더 응석을 받아주세요!"

그런 흐물거리는 표정으로 말해도 말이지…….

"그렇게 놀지 말라고. 서둘러 낫지 않으면 다들 곤란하잖아."

"어째서인가요? 시험이라면 벌써 포기했는데요?"

"이제 곧 수학여행이라고 했잖아. 행선지라든지, 반편성이 라든지, 이것저것 있다고."

"……앗!"

마에가사키 고등학교의 수학여행은 기말고사와 여름방학 사이에 끼어있다.

가급적 공부에 영향이 없는 시기라서 그렇다고 한다.

즉, 이제 곧 기말고사이자, 이제 곧 수학여행이라고.

"행선지…… 반편성…… 학교에 가지 않으면, 루시안과 다른 반……."

아코는 그건 생각하지 못했다는 표정으로 새파래졌다.

"바, 바로 나아야겠네요!"

아코는 황급히 이불 속으로 들어가서 진지한 표정으로 내게 손을 뻗었다.

"약 먹을게요! 물도 주세요!"

"어, 어어."

지금까지 낫지 않을 생각이었냐, 라는 말은 어제의 간병을 감안해서 삼켰다.

"루시안과 신혼여행! 감기 같은 건 날려버리겠어요!"

"그러니까 수학여행이라고."

"양가 부모님이 양해해 주신 이상, 저는 이제 멈추지 않아요!"

침대에 누운 채로 타오르는 아코의 결의.

엄마를 설득시키기 위해 아코는 무척이나 노력해주었다고 생각하지만, 그래도 우선!

"가장 먼저 나를 납득시켜 달라고!"

■작가 후기

구역 채팅을 이용합니다.

오랜만입니다. 혹은 우연히 이 책을 손에 들고 후기를 읽어주시는 분이 계시다면, 처음 뵙겠습니다.

키네코 시바이입니다.

『온라인 게임의 신부는 여자아이가 아니라고 생각한 거야?』Lv.14가 되었습니다. 아직 멀었다고 생각했던 던전에 갈 수 있게 되고, 단련한 스킬이 마침내 위력을 발휘하거나 조금씩 다음 단계로 진행할 수 있는, 이제 슬슬 완전한 초보자로는 있을 수 없게 되는, 그런 레벨이겠지~ 라고 생각하며 썼습니다.

그런 Lv.14를 맞이하여, 제가 과거에 했던 게임에서 일어난 사건을 돌이켜 봤습니다.

어떤 게임의 Lv.14 때 어떤 보스 몬스터를 쓰러뜨리게 되었는데, 화려한 연출, 뜨거운 BGM과 함께 저보다 세 배는 커 보이는 적이 덮쳐왔습니다.

긴장감과 흥분 속에서 저는 한손검을 휘두르고, 또 휘둘러서, ―다섯 방만에 보스가 죽었습니다.

어? 너무 약하지 않아? 어째서? 라고 생각하며 장비칸을 확인하자, 쥐고 있었던 건 『처음 마을에서 친절한 선배 플레이어가 준, 뭔지 잘 모르지만 빛나는 검』이었습니다.

레벨에 맞는 무기는 중요하구나, 라고 생각했습니다.

구역 채팅 무시합니다.

구역 채팅은 꺼버리는 편이 좋다는 걸 깨달은 즈음해서 감사의 말씀을—.

일러스트레이터 Hisasi 씨. 근사한 일러스트 감사합니다. 엄마가 이렇게 좋은 캐릭터가 되어준 것은 일러스트의 힘입니다. 정말로 큰 도움이 되고 있습니다.

여러모로 폐를 끼치고 있는 담당 편집자님. 다음 편은 벌써 쓰기 시작하고 있습니다! 저, 정말이에요!

코미컬라이즈의 이시가미 카즈이 씨. 제가 썼을 텐데도 언제나 뿜으면서 웃고 있습니다. 감사합니다. 다음에 뿜는 걸 직접 보여드리죠.

또한, 본 작품의 제작에 관여하시는 여러분. 진심으로 감사드립니다.

마지막으로 독자 여러분. 계속해서 책을 쓸 수 있는 것은 줄곧 지지해주시는 여러분 덕분입니다. 정말로 감사합니다.

그럼 기회가 된다면 꼭 다시 뵙도록 하죠.

키네코 시바이였습니다.

안녕하세요. 불초 역자입니다.

지금 이 후기를 쓰는 시기는 날씨가 꽤나 쌀쌀해졌습니다. 한 번 추워지기 시작하니 순식간이네요. 아침에 거실로 나오면 부들부들 떨게 되는 것이 아, 이제 겨울이구나 싶습니다. 개인적으로는 여름보다 겨울이 견디기 쉽긴 합니다만, 더위든 추위든 사람 못살게 구는 것은 변함이 없는 것 같습니다. 언제나 이 시기가 오면 드는 생각이긴 하지만요.

이번 이야기에서는 마침내 루시안의 어머니와 대면을 이루게 된 아코의 좌충우돌 시행착오가 담겼습니다. 근데 생각보다 무척 잘 풀렸네요. 아코네 부모님은 너무나도 잘 풀렸기 때문에 이쪽은 조금 실랑이가 있을 거라 생각하고 있었는데 보기 좋게 어긋났습니다. 근데 코믹하게 표현되긴 했지만, 무척이나 이해심이 많고 도량이 넓으신 분 아닌가 싶네요. 역시 루시안의 어머니랄까, 그런 느낌입니다. 아코와도 잘 맞아 보이고, 이번에 엔간한 모습은 다 보여주고 인정도 받았으니 앞으로의 관계도 순탄할 거고…… 결국은 코가 꿰이는 루트네요. 당연한 수순이겠지만.

그나저나 이번에 나온 서바이벌 게임, 페인트탄으로 하는 건 딱 한 번 해본 적 있는데 BB탄으로 하는 건 해본 적이 없네요. 장소도 그리 많지 않고, 아무래도 어느 정도 사람을 모아야 한다는 게 제일 힘든지라…… 언젠가 기회가 온다면 해보고 싶은데 과연 그 기회가 올지 모르겠네요. 이렇게 해보고 싶은 것들만 점점 늘어납니다.

그럼 후기는 이쯤 하고, 다음 권에서 뵙겠습니다.

온라인 게임의 신부는 여자아이가 아니라고 생각한 거야? 14

초판 1쇄 발행 2018년 7월 10일

지은이_ Kineko Shibai
일러스트_ Hisasi
옮긴이_ 이경인
일본판 오리지널 디자인_ AFTERGROW

발행인_ 신현호
편집국장_ 김은주
편집진행_ 최은진 · 김기준 · 김승신 · 조미연 · 원현선 · 권세라
편집디자인_ 양우연
국제업무_ 정아라 · 안수지 · 고금비
관리 · 영업_ 김민원 · 이주형 · 조인희

펴낸곳_ (주)디앤씨미디어
등록_ 2002년 4월 25일 제20-260호
주소_ 서울시 구로구 디지털로 26길 111 JnK디지털타워 503호
전화_ 02-333-2513(대표)
팩시밀리_ 02-333-2514
이메일_ lnovelpiya@naver.com
ㄴ노벨 공식 카페_ http://cafe.naver.com/lnovel11

netoge no yome wa onnanoko zya nai to omotta? Lv.14
ⓒKINEKO SHIBAI 2017
First published in 2017 by KADOKAWA CORPORATION, Tokyo.
Korean translation rights arranged with KADOKAWA CORPORATION, Tokyo,
through Korea Copyright Center Inc.

ISBN 979-11-278-4567-4 04830
ISBN 979-11-278-4218-5 (세트)

값 7,000원

VRMMO 학원에서 즐거운 마개조 가이드 1권

~최약 직업으로 최강 대미지를 뽑아봤다~

하야켄 지음 | 아키타 히카 일러스트 | 이경인 옮김

게임을 좋아하는 소년, 타카시로 렌의 취미는 세간에서 평가가 낮은 비인기 직업이나
유감스러운 스킬을 마개조해서 빛나게 만드는 것이다!!
그런 렌은 중학교 때부터 온라인 게임 친구였던 아키라의 권유를 받아
VRMMO 게임을 수업에 도입한 특별한 고등학교에 입학!
숨 쉬는 것처럼 당연하게 게임 안에서
최약이라 이름 높은 직업 【문장술사】를 고른 렌은
그 직업을 최강 화력으로 마개조하기 시작하는데—.
"어, 아키라는 여자아이였어?!", "그런데?"

실은 미소녀였던 온라인 게임 친구와 함께 하는 최강 게임 라이프, 개시!

©Natsume Akatsuki, Kurone Mishima 2017
KADOKAWA CORPORATION

이 멋진 세계에 축복을! 1~13권

아카츠키 나츠메 지음 | 미시마 쿠로네 일러스트 | 이승원 옮김

게임을 사랑하는 은둔형 외톨이 소년, 사토 카즈마의 인생은
너무도 허무하게 그 막을 내린…… 줄 알았는데.
정신을 차려보니 눈앞에 여신을 자처하는 미소녀가 있었다.
"이세계에 가지 않을래? 원하는 걸 딱 하나만 가지고 가게 해줄게.",
"그럼 널 가지고 가겠어."
이리하여, 이세계로 넘어간 카즈마의 대모험이 시작……되나 싶었는데.
결국 시작된 것은 의식주 확보를 위한 노동이었다!
카즈마는 그저 평온하게 살고 싶지만,
문제를 연달아 일으키는 여신 때문에 결국 마왕군에게 찍히고 마는데?!

애니메이션 방영 화제작!!

달이 이끄는 이세계 여행 1~4권

아즈미 케이 지음 | 마츠모토 미츠아키 일러스트 | 정금택 옮김

어느 날, 부모의 사정으로 인해 츠쿠요미노미코토에 이끌려
이세계로 가게 된 나, 미스미 마코토.
치트 능력도 하사받고 이건 그야말로 용사 플래그인가! 라고 생각했더니
이 세계의 여신에게 「너 얼굴 못생겼다」라는 이유로 거절당하고
나는 『세계의 끝』으로 전이당하고 말았다…….
……뭐, 어쩔 수 없지. 기왕에 이렇게 된 거 이세계를 즐겨볼까!
이렇게 오직 내 한 몸만 가지고
타인의 온기를 찾아 여행을 시작하게 되었지만,
만난 것은 향기로운 냄새가 나는 오크 소녀, 시대극에 심취한 드래곤,
마조히즘 속성을 지닌 변태 거미 etc—
……내 주위는 멋들어질 정도로 이종족 페스티벌입니다.
젠장! 웃기지 마! 난 절대로 지지 않을 거니까!!

제5회 알파폴리스 판타지 소설 대상 『독자상 수상작』!

© Katsumi Misaki, mmu 2016
KADOKAWA CORPORATION

세븐캐스트의 히키코모리 마술왕 1~3권

미사키 카츠미 지음 | mmu 일러스트 | 송재희 옮김

마술이 개념화하여 물리 법칙을 능가한 신생 마법세계.
이곳 마도에는 마술 결사 「세븐캐스트」가 최강이라는 이름하에 군림하고 있었다—.
"그저 빈둥거리면서 살고 싶어……."
마술학원에 다니는 브란은 마술로 만든 분신에게
출석을 대행시키는 등교거부 학생.
다만 전학생인 왕녀 듀셀하고는 같은 히키코모리 기질 때문인지
묘하게 가까워지고?!
그러나 듀셀의 정체는 전투에 특화된 루브르 왕국의 국가마술사였다—.
"그럴 수가, 나보다 고위 마술사라니."
"상대가 안 좋았네— 내가 「세븐캐스트」의 위자드 로드야."
일곱 새도를 원격 조작으로 사역하여 세계 질서를 뒤엎어라?!

히키코모리야말로 최강—
문외불출 신세기 마술배틀 판타지!!

라이트노벨의 새로운 빛! ㄴ노벨의 신간은 매월 10일에 발매됩니다. http://cafe.naver.com/lnovel11